僕は珈琲

片岡義男

光文社

僕は珈琲●目次

カタオカという日本の名前

日本語では「カ」の音で始まる言葉が多いという。三日月や二百十日の「カ」から「緩和」まで、ある国語辞典（新明解国語辞典、三省堂、二〇〇五年）によれば、「カ」から始まる言葉は、二百十四ページから三百二十二ページまで、百九ページもあるそうだ。日本語の「カ」から始まる言葉は、ただ多いだけではなく、きわめて日本的な音を持ってもいる、と僕はどこかで教えられた。水音が耳に入る距離のところを流れる川のような音だ、とも言われている。

ｋとａで作るｋａ「カ」の音が、僕の名前のなかにふたつもある。書いて見ればいい。カタオカ。始めと終わりに「カ」ｋａがあり、そのふたつにはさまれているのが、「タ」ｔａと「オ」ｏだ。カタオカという音はかなり普遍性のある音なのかな、とは思っていたが、そんな思いをはるかに超えて、じつに日本語らしい音なのだ。

音としてはこれほどいいのに、その書きかた、つまりどの文字を使うのかに関する説明は、きわめて平凡だ。「片方の片に岡山の岡」という言いかたが、いまのところ定番だ。ヨシオに関しては、「義理人情の義に男です」と僕は電話で言っている。ギリニンジョウのところで、相手の応答にちょっとだけ間があく。えーっと、どう書いたっけかなあ、と思案しているのだろう。「義理人情の義に男です」という言いかたは、しかし、まだ通じる。

ヨシオとは、これ如何にだ。音声として聞いた瞬間、日本の男のこの名前だ、とわかる。どんな字を書くのかが、小さくも大きくもない興味として、あとに残る。義男とは、右端に君に忠があり、左端に父母に孝があるとすると、その中間あたりのどこかで、母親がみつくろったものだ。ヨシオの書きかたはほかにいくつかあるが、「どれもあかん」と母親は言っていた。

ヨシオは父親の好みだ。ただし音声で。父親はハワイ生まれの二世で、日本語はわからない、したがって使えない、と称していた。ある程度まで本当だったのだろう。なぜなら、せっかくのヨシオなのに、自分で音声にするときには、「シ」の部分に強拍を置いたヨシーオであり、日本語の音声でのヨシオとはまるで異なっていた。

カタオカを英語の人ふうに発音すると、カッタオーカ、となる。「オ」に強拍が置かれる。こう呼ばれると、自分が呼ばれているという緊張感が、日本語のときよりもある。ケイエイ・ティエイ・オー・ケイエイとシンガポール空港のＰＡで呼び出されたときのことを、いま僕は思い出している。さきほどからこのおなじ名前の人を呼んでるなあ、とだけ思ってさらにぼんやりしていたら、自分が呼ばれていることに、僕でも気づいた。カタオカにはこのような読みかたもあるのだ。

このシンガポール空港から大阪空港まで僕は帰った。羽田行きに乗り換えだったから、乗り換えの乗客がいるだけの、おおざっぱな喫茶店のような場所に入ったが、その喧騒はすごかった。人がただ満席状態でいるだけなのに、この喧騒ぶりはなになのか、と僕は呆気にとられて声もなかった。羽田に到着してから僕は、喫茶店のような店で珈琲を飲んだ。カタオカヨシオはそこで一杯の珈琲を飲んだのだ。

歯科医院の診察券と珈琲

　歯が痛かった。いつもより早くに目覚めたのは、その痛みのせいではなかったか。朝食のあいだ、痛みは増していた。この痛みはおさまることなく、もっとひどくなるにきまってる、という不吉な予感があった。珈琲を飲んでみた。珈琲の熱さが痛みの神経に触れたのだろう、ひどく痛かった。朝食の途中で僕は歯科医に電話をした。午後の診察になります、本日の午後三時三十分でいかがですか、と受付の女性は言った。

　午後三時三十分に、歩いて五分のその歯科医へいくと、すぐに診察椅子にすわらされ、

「倒しますよ」

のひと言とともに椅子は平らになり、

「あーんと開いて」

という指示のとおりにすると、

「これは痛いよ。抜くほかない。ぐらぐらだし」

「抜いてください」

　歯科医が、うん、と答えたかどうか、記憶していない。麻酔で気持ちが悪くなったことがあるかどうか、とは訊かれた。歯茎に麻酔の注射を打った。二十年ほども前のことだ。やがて麻酔は効いてきた。抜歯の準備を歯科医は忙しく整えているのだろうな、と思いながら平らな椅子に横たわっていると、

「はい、終わり。抜けた。根が浅いのはラッキーだったよ」

と歯科医は椅子を起こした。

「痛くないように、膿んだりしないように、処置はしてあるから。一時間、食べたり飲んだりしないこと」

受付で支払いをしたとき、診察券、というものをもらった。三日あとに見せにこなくてはいけない。そのとき、この診察券を提出するのだそうだ。

歯科医であろうとなかろうと、医院の診察券、というものを僕は、生まれて初めて持った。診察券とは、いったい、なにか。一枚のカードだ。どこかへいっちゃいました、とでも受付に言えば、もう一枚、発行してもらえるのだろう。それだけのことだ。しかし。とは言え。診察券だ。しかも歯科医院の。

シャツの右ポケットに診察券を入れて、僕はその医院を出た。妙な気分だった。私鉄の駅まで七、八分だろうか。呆然と僕はその距離を歩いた。なんにもわからないままに、僕は下りの各駅停車に乗った。その駅には各駅停車の電車しか止まらない。空いていた席にすわり、呆然としたまま、僕は時間を過ごした。ひと駅はすぐだった。下りの各駅停車でひと駅だけいくと、そこには街があった。重なり合ういろんな建物のなかに店舗がたくさんあり、そのような店舗をめぐって歩くと、時間は容易に経過した。僕は時間を容易に経過させた。頭のなかはぼうっとしたままだった。右手でシャツの右ポケットを押さえてみた。そのポケットのなかには、診察券、というものが入っていた。

遠く離れたところにぽつんとひとりでいるのが僕だ、と長いあいだ、僕は思ってきた。そのように自分を保ってきた、という自負は充分にあった。遠く離れた場所にぽつんとひとりでいる自分が僕自身であるはずなのに、その僕は、右手が布ごしに感じているとおり、歯科医院の診察券を一枚、持っているではないか。その一枚の診察券によって、僕は、大勢の人たちのただなかへ、引きずり込まれた。これはいったい、どうしたことか。

どうしたもこうしたもありはしない、ただそういうことでしかないのだが、そのときはそうもいかなかった。街をさまようこと一時間三十分。狭い曲がりくねった道に面した喫茶店へ僕は到達した。珈琲を飲むならここ、ときめていた喫茶店だ。ここにこんな喫茶店があるのか、と多くの人は思うだろう。そしてその前をとおり過ぎるだろう。なかに入ると、カウンターの席のまんなかで、野球帽を逆さにかぶった格子のジャンパーの初老の男性が、午後の六時前にスポーツ新聞を読んでいるような店だ。

「珈琲豆を選んでいただく場合は、こちらのメニューをご覧ください。選んでいただかない場合ですと、珈琲は当店のブレンドになります」

というウエイトレスの指示にしたがって僕が選んだのは、マンデリンという豆だった。

マンデリンの珈琲はやがて僕の席に届いた。僕はその珈琲を飲んだ。抜いた歯はすきまがあるだけで、熱い珈琲はそこをとおった。なんともなかった。熱い珈琲を何度すきまにとおしても、なんともなかった。僕は老練な医師の説明を思い出した。

「上の右の奥歯に斜めに生えてるのがあってね。隣の歯に強く当たってるんだ。当たってるところは歯ブラシが届かないから、汚れたままなんだよ。十年、二十年と時間がたてば、虫歯にもなるさ。

それでさっきまで痛かったわけだよ」

抜くほかないから、抜いた。痛くもなんともなかった。シャツの右胸にあるポケットに僕は触れてみた。診察券が一枚、そのなかにあった。

写真をみんな捨てた

二十五歳になって二か月、五月のなかごろ、僕は印画紙にプリントしたいわゆる写真を、すべて捨ててしまった。なにかの空き箱を流用したボール紙の箱に写真は入っていた。いまのように印画紙のサイズは揃っていなかったから、写真は大小さまざまだった。縁はめくれ上がり、ぜんたいが丸くなり、どの写真も波打っていた。写真は箱にいっぱいあり、蓋が浮き上がるほどだったのを、いまでも記憶している。書棚にその箱はあり、見るたびに辛気臭かった。いっそのことすべて捨ててしまえ、と思ってそのとおりに行動した。箱も捨てたと思う。書棚のその場所にはもはやなにもなく、これで自分に過去はない、などと言って、いい気持ちだった。二十五歳から現在までの写真は、なんとなくある。写真機を向けられる機会はごく少ないのだが、それでもいつのまにか、一枚また一枚と蓄積されていく。そんななかから八点の写真を選び、時間順にならべてみた。

１の写真はハワイで撮った。マウイ島のラハイナだ。住んでいた家を出たところで撮った。東京で買った半袖シャツを着ている。リーのジーンズ仕立ての、黒い化繊のストレッチを穿《は》いている。この服装のまま、夜に建築家の自宅で開かれたパーティに出席した。そこで僕はしきりに珈琲を飲んだ。マウイで警官をしていた男性がそれを見て、

「きみはコーヒー・ドリンカーだな。髪が抜けるよ」

と言った。写真の僕はチンピラの要素が濃厚だ、と言うよりも、チンピラそのものではないか。

２の写真はこのあと半年もたたない頃に東京で撮った。当時住んでいた自宅のドアが背景だ。こ

の写真をある出版社の写真部にプリントを頼んだら、渡されたプリントは百枚ほどの束だった。片手では持てないほどあった。顔写真が必要になると、その束から一枚を抜き出し、渡していた。この写真のことを三文判と称していた。『ぼくはプレスリーが大好き』という本を書いていた頃だ。

３の写真は『きまぐれ飛行船』というＦＭの番組が始まってすぐの頃、その番組を収録していたスタジオで、取材に訪れた雑誌の人が撮った。４はおなじ頃ではないか。５にはまったく覚えがない。場所は芦ノ湖だと思う。肩からバッグを下げている。写真機と機材を入れるバッグではないか。いつ、誰が、この写真を撮ったのか。と言うよりも先に、僕はなにをしに、芦ノ湖まで行ったのか。写真を撮りに行ったのですよ、と答える人に、僕はかさねて訊きたい。いったいなにの写真を撮りに、芦ノ湖まで行ったのだったか、と。しかも、肩にかけているようなバッグを持って。このバッグにも記憶はまったくない。

６は新たに顔写真を撮影しようとしている自分の様子だ。写真２をいつまでも使うわけにはいかない、などと考えたか。三脚に白黒のフィルムを装塡し、鏡にうつる自分を撮ってみた。写真機と三脚を切ってしまえば、近影として充分に使える。注目すべきは、チンピラ風味が抜けていない事実だ。

７は渋い写真だ。確か板橋の宮元商店街を、冬の日の午後遅くに撮った。撮っている僕の影が路面に写っている。いま見ているこの写真を撮ったときの僕だ。六十代なかばになっても、僕からチンピラ風味が抜けていないことの証明として、８の写真がある。下北沢の本屋Ｂ＆Ｂで撮った。関係者たちは切り離し、僕だけになっている。このオレンジのシャツを僕はいまでも持っている。

半袖シャツが小さすぎる。 丈が短い。
もっとゆったりとしたものを着るといいのに。 1

2 「この人に、アジアのかなり南のほうを感じる」と
言った中国の人がいた。

革のヴェストは記憶にある。二度ほど着た。
その下のシャツは、なにだったか。 3

4 神保町にあった旧「茶房きゃんどる」を出て
すぐ外の柱に片手をかけている。

たしかに場所は芦ノ湖だ。
このボートを撮りにいった可能性はある。　5

6 鏡は自宅の洗面所だ。
六十歳をすぎたばかりの頃だと思う。

商店街が無人になるのを待った。
使っている写真機はペンタックスだ。 7

8 白い紙コップの後ろにある黒いものは
マイクロフォンか、 ペンではないだろうか。

初体験モーニング・サーヴィス

夕食のあとすぐにビリヤード場に入った。五時間をポケットで夢中に過ごした。時刻は夜の十一時を過ぎていた。ビリヤードとしてはこれからなのだが、僕と友人は空腹を理由に、その日のポケットをそこまでにして、ビリヤード場を出た。午前二時まで営業している寿司店を知っていると友人は言い、僕は彼にしたがった。

午前二時までやっている寿司の店は盛況だった。片隅の空席にふたりして体を押し込めると、あとは食べるだけだった。ビリヤード場もこの寿司の店も、新宿の歌舞伎町一丁目にあった。寿司の店を満腹で出ると深夜の十二時を過ぎていた。

これから駅へ急ぎ、満員の電車に乗るよりは、このあたりをうろうろして朝まで過ごさないか、と友人は言った。朝は六時だとして、まだ五時間はあるではないか。うろうろするだけで五時間を過ごせるものかどうか。うろうろしてみなければわからない、と友人は言った。

最初に入ったバーではダーツの大会のようなことがおこなわれていた。僕と友人はそこに飛び入りで参加し、楽しい時間を過ごした。時刻は午前二時をまわっていた。ダーツのバーでなぜかふたりの女性が僕たちに合流し、四人になった。いい店があるのでそこへいこうと女性のひとりが提案した。歌舞伎町一丁目を新宿五丁目の近くまで僕たちは歩いた。賑やかなカウンターにちょうど四人分の席が空いていた。僕たちはそこにすわり、たちまち談論風発の渦に巻き込まれた。気がついたら午前四時だった。ふたりの女性たちはタクシーで帰宅した。

最後はゴールデン街の小さな店だった。客のいない店に僕たちは入り、カウンターにならんでストゥールにすわり、それぞれに酒を飲んだ。友人は店主の女性と議論を始め、彼のすぐ隣でその議論を聞いていた。

その店に僕たちがいた二時間足らずのあいだに、五組の客がきた。しかし、今日はこれで閉める、と店主が言ったときには、客は僕と友人のふたりだけになっていた。その日その店の最後の客として、僕たちは店を出た。靖国通りへ出てタクシーを拾う、と友人は言い、僕たちは早朝の歌舞伎町で別れた。

僕はなぜか西へ歩いた。コマ劇場の前をとおり、やがて広い道路に出ると、目の前に西武新宿線の駅があった。そこから左へ曲がり、あとはまっすぐに靖国通りまで僕は歩くつもりでいた。大ガードをくぐって小田急線の改札口までいき、いつもの小田急線に乗るつもりだった。

ひとりで歩いていく僕に、同時にそして突然に、疲労と睡魔が襲いかかった。街にいて午前二時、三時になることはあっても、夜をとおり越して次の日の朝まで街にいたのは、これが最初ではないか、と僕は思った。疲労していたところへ、眠気が重なった。僕は珈琲のことを思った。まずなによりも珈琲だ。僕のすぐ左側に、道に面して、大きな喫茶店があった。店名を見なくとも、店の造りがかもし出す雰囲気が、喫茶店のものだった。そのことは、かろうじて歩いていく僕にも、よくわかった。

喫茶店には珈琲がある。席についてそれを注文すれば、それは手に入る。おそらくそんなふうに考えたのだろう、気がつくと僕はその喫茶店のドアを押していた。いらっしゃいませ、という男性の声を受け止めながら、もっとも近い空席に僕は倒れ込むようにすわった。水のグラスをテーブルに置いた若い男性のウエイターに、「珈琲をください」と僕は言った。それに対して彼が言った、「モーニング・サーヴィスでよろしいですね」という言葉に、僕はうなずいたはずだ。

　早朝の営業は六時からだろうか、となぜか僕は思った。五時からではないか、とも思った。大きな喫茶店のそこにひとり、あそこにまたひとりと、早朝の常連客がいた。みなひとりだった。ウエイターが珈琲を持ってきた。珈琲のすぐ隣に白い大きな皿を置いた。その白い皿を見た次の瞬間、これはモーニング・サーヴィスだ、と僕は直感した。受け皿に載ったコーヒー・カップには珈琲が満ちていた。手をのばしてそれを持ち、かたわらにある白い大きな皿を僕は見た。この皿に、モーニング・サーヴィスが載っている、と僕は思った。そして珈琲を飲んだ。一九六三年、ある夏の日の早朝の味がした、と僕は書く。

　モーニング・サーヴィスという言葉はすでに知っていた。その実体に遭遇するのは、そのときが最初だった。モーニング・サーヴィスとはこのことなのか、と思いながら僕はその白い皿に載っているものを見た。

　長方形のトーストが二切れ。どちらもきれいにトーストされていた。一個の卵を立てておく金属製の容器。そのなかにある白い卵。これは茹で卵だということは、見てすぐにわかった。おなじく金属製で銀色に光っていた小さな塩振りの容器。バターを四角く切ったものが直接に皿に置いてあり、その隣には赤いジャムがひとすくい、載せてあった。以上だ。

　モーニング・サーヴィスのこれが原型だと、いまなら認識しているけれど、初めてモーニング・

サーヴィスの実体に遭遇した一九六三年の早朝には、なんのことだかわからなかった。サーヴィスと言うからには、これは一杯の珈琲についてくるのだ。しかも食べ物として。そしてモーニングと言うからには、これが早朝の客へのもてなしなのだと、なかば以上朦朧《もうろう》としていながらも、状況のぜんたいは正しく理解することが出来た。

　僕はトーストを食べてみた。バターとジャムを、皿の端に置いたバター・ナイフで混ぜ、トーストに塗った。その量は少なく、二枚目のトーストにはなにもつけないまま、珈琲で飲み下した。卵がひとつ、卵立てに収まって、皿の上に残った。茹で卵を手に取って殻を半分だけむき、白い卵を僕は食べた。塩振りの容器を右手の指先に持ち、固く茹でた卵の黄身に振りかけた。黄身の味と塩の味とが僕の口のなかで混ぜ合わされた。卵をそのようにして食べてしまうと、白い大きな皿に残ったのは、バター・ナイフと塩振りの容器、そして卵の殻だった。モーニング・サーヴィスの終了を僕は眺めた。珈琲は最後のひと口が冷たくなって残っていた。それを僕は飲んだ。

珈琲についての映画

珈琲豆の焙煎が出来ました、という知らせを受け取るたびに、珈琲豆の値段は安すぎる、と僕は思う。いくら払えば、珈琲豆は安い、と思わないのか。焙煎された豆が袋に入って、現在は二千円しない。自宅で飲む一杯の珈琲がいくらなら、気がすむのか。紙コップに一杯が百円という珈琲を僕は体験したことがある。一日に二杯として、一杯が百円だと、ひと月では六千円になる。この金額を見て、うわっ高い、と驚く人は多いだろう。一杯は百円なのだが。いつでもどこでも、しかもごく安価にある飲み物が珈琲だ、というとらえかたは、根本的に間違っているのだろうか。けっして安くはない一杯の珈琲は、いくらくらいなのか。五百円か。一日に二杯として、ひと月に三万円を珈琲のために使うことになる。生活は貧しいけれど珈琲は実る、という地域に依存して、安い珈琲が今日もある。

自宅で飲む一杯の珈琲には七グラムの粉が必要だ。一日に二杯飲むと、ひと月では四百二十グラムの粉を必要とする。最近の支払いは、四百グラムで三千五百二十四円だった。一日に一杯だけの日が三日もあれば、これで充分に間に合う。これが二倍になったら、どうか。直接の生産者たちに渡るのであれば、二倍になってもかまわない。

珈琲の生産国つまり輸出国と、それを買う国とのあいだには、大きな落差がある。この落差のなかに、珈琲がある。輸出国とそれを買う国とを平等につなぐものは、なにか。珈琲を輸入した国のテイスターたちが、注意深く淹れた珈琲を匙《さじ》にすくってひと口飲んだとき、肯定的な意味をこめて、うん、とひとつうなずく。エスプレッソを初めて飲むという珈琲生産国の陽に焼けた男性が、ふるまわれた白いカップのエスプレッソをひと口飲み、うん、と肯定的にうなずく。この肯定的なうなずきは、両者に共通のものだ。

A Film About Coffee（日本公開二〇一五年）という映画のDVDを観ているあいだずっと、僕は以上のようなことを考えていた。

赤く実った珈琲の実は労働者が手で摘み取る。熟すると赤くなるから、コーヒー・チェリーと呼ばれている。珈琲畑、という言葉からは、丈の低い珈琲の木がならんだのどかな田園風景を思う。珈琲の木は一メートル五十センチから二メートルほどの高さであり、ここに分け入ってコーヒー・チェリーを手で摘むには、熟練を要する。珈琲がたとえば日本へ輸出されるまでのあらゆる工程が重労働であり、コーヒー・チェリーの手摘みは、そのような重労働への入口だ。

珈琲豆、と日本語では呼ばれている。英語でも珈琲豆は coffee beans だ。豆と呼びたくなるが、じつはこれは種子だ。まんなかに直線の入った、おなじような楕円形をした種子が二個、向き合って外皮に包まれている。珈琲の種子を取り出すためには、この外皮を破らなくてはいけない。珈琲豆で膝のあたりまで埋まるコンクリートの四角い桶に男性が入り、歌いながら両足で珈琲豆を踏んでいく描写があった。これは両足で外皮を破っているところだろうか。破られた外皮とそのなかから取り出した珈琲豆を選別する工夫と装置が、描写されるといいのに。

収穫されたコーヒー・チェリーは、まず乾燥させられる。長く平たい、いくつもある台の上に、労働者たちの手で、広げられる。このあと、外皮を破って、珈琲豆を取り出す。コンクリートで作った長い水路のなかを、珈琲豆が流れていく。ここで外皮と珈琲豆とが選別されるのだったか。Washという工程も兼ねているのだろう。このために使用した大量の水は強い酸性だ。そのまま地に返すわけにはいかない。強い酸性を処理しなくてはいけない。

珈琲豆はふたたび乾燥される。長く平たい台の上に、労働者たちが手作業で珈琲豆を広げていく。充分に乾燥したら袋詰めされて輸出だ。ここまでこの映画を観て、珈琲豆作りの過程が順番にわかるといいのだが、残念ながらそうはなっていない。輸入された珈琲豆を都会の業者が買うところから、珈琲のもうひとつの物語が始まっていく。

東京の青山通りにあった大坊珈琲店とその店主の大坊勝次さんの姿が、フィルムに撮影されている。青山通りに面して配置された大坊珈琲店の看板の、正面からのショットがある。店はこの建物に入ってすぐ左の階段を二階へ上がったところにあった。看板のショットはたいそういいと僕は思った。

刑事コロンボと珈琲

ＬＡＰＤ（ロサンゼルス警察）のルテナント・コロンボは珈琲とどのような関係にあるのか。『刑事コロンボ』のＤＶＤをすべて所有している友人の篠原恒木さんの記憶に頼った僕に、彼は三枚のＤＶＤを貸してくれた。どの話のなかでも、コロンボは珈琲と関係しているという。一九七一年、一九七二年、一九七五年に放映された三編の作品だ。

篠原さんはすべての『刑事コロンボ』を日本語での吹き替え版で観た。ＴＶで放映されたときすでに吹き替えられていた。コロンボの日本語台詞を担当したのは小池朝雄という声優だった。小池さんの声でずっとコロンボにつきあってきた篠原さんにとって、コロンボは小池さんなのだ。何年かあと、ピーター・フォークの声を映画館で聴いて、こんな声だったのかと驚愕したという。

その篠原さんは、my wife という英語の言いかたを、「うちのカミさん」という日本語にした人を讃えていた。ＤＶＤでは、吹き替えの翻訳と日本語字幕の翻訳は、別の人が担当したようだ。My wifeはコロンボの口癖のひとつのようになっていて、僕が英語版で観たDeath Lends A Hand『指輪の爪あと』（一九七一年）では、うちの探偵社へ来れば収入は三倍にすると転職を持ちかけられたコロンボは、「収入を増やすようなことに関してあなたは覇気がまったくないんだから、とmy wifeもよく言ってますよ」という台詞で答えている。

吹き替えによる「うちのカミさん」も頻繁に登場する。A Stitch In Crime『溶ける糸』（一九七二年）とForgotten Lady『忘れられたスター』（一九七五年）の二作品を僕は吹き替え版で観た。

ピーター・フォークの一世一代だ。
左手に持っているのは空の白い紙コップだ。

Forgotten Ladyでは、若い頃に夢中で観た昔のミュージカル映画について語るとき、「うちのカミさん」という言いかたを盛んに使っていた。

コロンボの活躍する作品を三本、制作順に僕は続けて観た。コロンボのミステリー・シリーズがどのように作られているのか、少なくともその一端はよくわかった。犯人は最初からわかっている。少なくともTVを見ている人たちにはわかっている。「殺人の現場は最初に見せておきましょうよ。そのほうが衝撃は強いですから」というようなことなのだろう。犯人は最初からわかっている。コロンボに残された活躍の余地は、状況証拠ばかりのなかをいかにして核心をつかむか、ということだ。TVを見る人の興味は、コロンボよりもやや有利に、そこにある。

コロンボはごく早い段階で、こいつが怪しい、と見当をつける。彼なりの理由がある。ない場合は、コロンボに特有の勘が働いたから、ということにしておけばよい。犯人は最初からわかっていたほうが、ストーリーは作りやすい。僕が観た三つの作品では、三つとも、殺害の場面が最初にあった。犯人が誰だか知っている視聴者は、コロンボがいかにして核心をつかむかを楽しめばそれでいい。犯人は誰なのか、TVの前にいる人たちは、すでに知っている。こいつが怪しい、とコロンボが確信するのは、いっこうに構わない。ストーリーを作るにあたって、コロンボの確信が邪魔になることはない。状況証拠のすぐ次にまた別の状況証拠が生まれてコロンボが困るのは、TVの画面展開として面白くもある。

Death Lends A Handでは、犯人は左利きでその左手の指には指輪をしている、とコロンボは確信する。ＴＶの前で見ている人たちは犯人が誰だか知っている。コロンボは知らない。この構造は大切なものだ。

　コロンボと珈琲の関係は、作り手が楽しんだ、と僕は言う。自販機で買った珈琲をコロンボは突然、妻を殺害された大金持ちの男に進呈する。大金持ちは驚きながらも礼を言う。もらった自販機の珈琲を飲もうとするのだが、まずその匂いが不快で、男は飲むのをやめる。この場面の次では、大金持ちの男がひとり邸宅の庭で食事をしている。朝食だろうか。珈琲をひと口、彼は飲む。自販機の珈琲が臭くて飲めない、という描写に、邸宅の屋外での食事で飲む珈琲のひと口が、カップを受け皿に置く動作とともに、重ねてある。そこへコロンボがあらわれる。珈琲、あるいはジュースはどうかと男は言うが、これをコロンボはあっさりと断る。

　殺害したのはこいつだ、とコロンボがすでに確信している男は、探偵社を営む社長だ。社長室でコロンボがその男と会う場面がある。男は左手で珈琲を飲んでみせる。あなたは左利きなのですか、とコロンボが指摘すると、男は強がってみせる。ブラフをかけた、という言いかたをしておこうか。「私は左右の手に差をつけないのです。右手でも左手でも、おなじように使えます」と言い、ボールペンを左手に取ってメモ・パッドに文字を書き、右手に持ちかえて続きをおなじように書いてみせる。

　A Stitch In Crimeでも殺害の場面が冒頭で描かれる。朝早くに現場である大病院に向かわされたコロンボは、「どこかに珈琲はありませんか」と現場にいる人のひとりに言うが、彼は相手にされない。殺害者である高名な外科医にも、「このあたりに珈琲はありませんか」と訊くが、つれなく否定される。コロンボはこの外科医が下手人《げしゅにん》だと確信している。

手術のあと数か月したら溶けてあとかたもなくなる糸を、いつまでもそこにあり続けなくてはいけない糸のかわりに使うことが、心臓の手術の現場で可能かどうか。溶解するほうの糸が、いつまでもそこにあり続ける糸とおなじ色に染めてあったとしても。この秘密をあばいたコロンボが「だから殺したのはお前だ」と、指さして言えば、コロンボは名探偵だ。名探偵はパイプをくゆらせて天眼鏡をかざしているが、コロンボはいつもよれよれのレインコートを着ている。

題名のA Stitch In Crimeは、転ばぬ先の杖、というような意味のことわざのtimeをcrimeに変え、韻を踏ませて、もじったものだ。

Forgotten Ladyでは、寝入ったところを叩き起こされたコロンボがよれよれのレインコートの下にはジャケットも着ずに現場の大邸宅にあらわれた、という設定で始まる。「珈琲はありませんか」と訊いたコロンボは、珈琲の満ちたカップとその受け皿を、メイドから受け取る。そのカップと受け皿を持ったコロンボは、おぼつかない足どりで現場の二階へ階段を上がっていく。「こぼさないでください」と、コロンボはメイドに言われる。この作品ではコロンボと珈琲の関係はここだけであり、以後、まったく出てこない。

大邸宅に住んでいるのは、いまは引退した年配の医師と、その妻だ。妻の女性はかつて人気があり、いまは忘れられ、したがって復帰を画策しているミュージカル女優だ。この妻が夫を殺害した犯人であることを、視聴者はＴＶの画面で観て知っている。睡眠薬を倍量にして夫に飲ませ、昏睡した手に拳銃を握らせて引き金を引くところまで、ＴＶは描写している。「これは自殺に見せかけた他殺であり、すべてをやったのは奥さんだ」とコロンボは直感を得ている。そのコロンボがいかにして具体的な正解にたどりつくかが、ＴＶを見ている人たちの楽しみとなる。

　自分で殺しておいてそれを当人の自殺に見せかけるという工作を、この邸宅のなかでこなすのに、どのくらいの時間が必要か。執事の台詞のなかに重要な手がかりがある。妻は自分が出演した昔のミュージカル映画を16ミリで何本も持っていて、それを上映してはその都度楽しむ、という趣味を持っている。

「その夜は十一時にお好みの映画の上映を始めました。いつものとおりです。私が上映室へうかがうと、ちょうど映画が終わるところでした。フィルムをかたづけて自分の部屋に戻るときに腕時計を見ましたら、午前一時をまわっていました」と執事は証言する。

　その映画の上映時間は一時間四十五分だ。執事の証言では、それが二時間かかったという。十五分の差が生まれるではないか。毎週楽しみにしているＴＶに夢中で、なにか異変があったとしても、気づきませんでした、とも執事は言う。この十五分の差を、コロンボは正解に結びつける。殺された夫は、妻の復帰に強く反対していたという。

　どの作品にも題名がついている。日本語でつけられた題名の多くは、ミステリーに慣れた人なら、どのような話なのか、見る前からわかってしまうのではないか。

アメリカン

「カタオカさん、よく珈琲を飲みますね」

と写真家が言った。

そのときの僕たちは、オアフ島の田舎町の食堂の客だった。僕が食べていたのは、巨大なチキン・テリヤキがポテト・サラダの山脈を取り囲み、テリヤキ・ソースの海に途方もなく大きな玉ねぎのスライスが五つ六つと浮かんでいる、ワンプレート・ランチだった。

写真家は僕の珈琲カップを指さし、

「それで五杯目ですよ」

と言葉をつなげた。

別の写真家がまったくおなじことを、ハワイ島ヒロの食堂で言った。

「よく珈琲を飲みますね」

僕は珈琲のお代わりをしようと思っていた。だから年配の店主に珈琲のお代わりを注文した。二世の店主は笑っていた。

「きみがみんな飲むから珈琲がなくなってしまったよ。十五分くれたまえ。新しい珈琲を淹れるから」

十五分後に出来た新しい珈琲は上出来だった。僕はそれを飲んだ。そして、

「五杯目？」

と訊いてみた。

「六杯目です。東京でもそんなに飲むのですか」

珈琲を要求するような食事だからだよ、と僕は自分に言った。トースト二枚にハム・アンド・エッグス、それにドレッシング無しのトマト・サラダ。このトマトはまっ赤に熟していて、僕の拳の二倍の大きさだった。東京では珈琲は二杯だ。東京に戻った明くる日から、珈琲は二杯だ。二杯飲めば充分だからだ。

このとき僕はちらっと思った。珈琲をたくさん飲むのは、その珈琲が薄いからではないか。東京の珈琲が濃いわけではない。ちょうどいい。二杯でいい。それがハワイだと倍以上になる。東京で飲む珈琲にくらべると、ハワイのものは、倍以上に薄い、ということになる。確かに薄い。More coffee, eh? と言いながら、熱い珈琲の入った大きな器を持って客席をまわっているウエイトレスを、何度も呼びとめるではないか。北アメリカ大陸の珈琲についても僕は思った。どれもみな薄かった、という結論が出るのに、さほどの時間は必要なかった。

アメリカン、という言葉が日本じゅうに広まった時期があった。いまから三十年くらい前だろうか。アメリカの、アメリカふうの、といった意味だが、日本語としては喫茶店用語であり、薄くしてね、という意味だ。注文のあとに、アメリカンとひと言つけ加えれば、そういう意味になった。いまでも通じるだろうか。薄くしてね、と言う人はいまもいるようだ。はい、と店の人は答えている。お湯を足して薄くすればそれでいいのだから。

一九三九年九月一日に、ドイツの空軍と陸軍がポーランドに侵攻して、第二次世界大戦が始まった。アメリカはドイツおよびそれに同調する国々へ物資が渡ることを嫌がった。珈琲もそのような物資のひとつだった。中南米の珈琲生産国ごとに輸出量をアメリカが割り当てるかわりに、中南米の珈琲を一定の価格で買うことにきめた。珈琲価格の下落は抑えられたし、アメリカの方針に同調するというかたちで、中南米諸国の結束もはかることが出来た。

戦時中にはどこの国でも、珈琲は前線の兵士たちに支給された。食事のあとに飲む温かい珈琲は戦場のストレスも軽減させた。戦争が進むにつれて、ドイツとその同調国は珈琲が不足したが、連合国側はアメリカから珈琲が大量に送られてくるから、珈琲に不自由はしなかったという。インスタント珈琲が盛んに製造され、多くの企業がその製造に参加した。

「軍が全てを戦地に持っていったため、アメリカ国内ではコーヒーが不足して配給制になりました。１９２０年代のブーム以降、コーヒーにすっかり馴染んでしまっていたアメリカ人は、いかに節約して、少ない豆でコーヒーを作るか工夫をこらします。お湯を循環させて煮詰めるパーコレーターが普及し、主婦向けの雑誌でコーヒー豆の節約術が特集され、しまいには一度淹れた後のコーヒー滓を『二番煎じ』する人まで現れます。このとき薄く淹れる習慣が普及したのが『アメリカン・コーヒー』が定着した理由の一つなのです」(『珈琲の世界史』旦部幸博、講談社現代新書、二〇一七年)

第二次世界大戦下でアメリカが珈琲を配給制にしたのは、一九四二年の十一月から一九四三年の七月までの期間だった。戦後のアメリカで珈琲は不足した。戦時下でアメリカが買い続けた価格では採算が取れず、珈琲を生産する人が減った。戦争が終わって急増した珈琲の消費に間に合わず、安いロブスタ種が出回るまで、高いアラビカ種のブラジル豆は不足した。節約のためにアメリカの人たちが薄い珈琲を淹れ続けた結果が、アメリカの薄い珈琲につながった。

大瀧詠一「僕はハードウエアに強いんです」

三十間《さんじっけん》堀川にある三十間という言いかたは堀川の川幅がもっとも広いところで三十間あった、という故事に由来している。一間は約一メートル八十センチだ。ついでに言うと、六十間で一町となった。堀川という名称は江戸時代にここに川が作られて以来のもので、のちの世の東京で運河として流れた水としては、京橋川から汐留川までを示した。

そして三十間堀川は埋め立てられた。アメリカ軍によって空爆された銀座は、いちめんが焼け野原だったそうだ。この焼け野原をかたづけようとするなら、まず焼け野原の瓦礫《がれき》をひとつところに集めなくてはいけなかった。瓦礫の山は何か所も出来た。そしてそれ以後、いっこうに事態は進展しなかった。焼け野原から集めた瓦礫の山は、何か所もあってどれもそのままだった。焼け野原となった銀座の瓦礫の山は、そのまま銀座にいくつもあることになった。

見苦しいから早急になんとかしろ、とＧＨＱに命令された日本当局は、三十間堀川に瓦礫をかたっぱしから投げ込むことにした。川は瓦礫の山を吸収した。たちまち瓦礫の山はなくなり、埋め立てられた堀川は新しい土地として生まれ変わった。晴海通りと堀川が交差するところに、三原橋という橋があった。堀川が埋め立てられてなくなったから、三原橋も不要となった。この不要となった三原橋の橋梁を再利用して地下街が作られた。日本で最初の地下街だったという。堀川が埋め立てられたのが一九四九年で、三原橋の地下街が完成したのが一九五二年だ。この三原橋の地下街に銀座シネパトス１・２・３という映画館が出来たのが一九八八年のことだった。

パトスというフランス語を僕の辞書は「過度な悲壮感」と説明している。過度な悲壮感、という名称の映画館がかつて銀座にあったのだ。しかも地下に。この銀座シネパトスで最後に上映された作品が『銀座化粧』だった。この映画を観たあと、銀座で僕と落ち合う、と大瀧詠一さんは言った。雨模様の日だった。

　待ち合わせの場所にあらわれた大瀧さんに、

「『銀座化粧』を観るのは、これで何回目ですか」

と、僕は馬鹿なことを訊いた。

「何回目だろうねえ」

と大瀧さんは答えた。柔和な笑顔だった。

『銀座化粧』には三とおりある。ひとつは成瀬巳喜男が監督した映画だ。もうひとつは、山口洋子という歌謡曲の作詞家の、最初の作品の題名だ。そして残りのひとつは、僕が書いた短編小説の題名だ。銀座化粧、という言葉には惹かれるものがある。

　一九五一年の日本映画『銀座化粧』は四丁目の和光のショットから始まっている。ここから始まって全編を、現実にロケーション撮影された場所と、映画のなかに物語として残っている画像と突き合わせる作業を大瀧さんは終えていて、全編を画像つきで語ると六時間になるという、話芸も完成させている。大瀧さんが映画から自由に引用した写真に自分で撮影した画像を加え、文章ですべてをまとめた膨大な『銀座化粧』を、僕はＰＣで出力して、すべて所有している。六時間の話芸はまだ聞いていない。二時間ほどに短縮したものを二度、聞いている。今日は僕も大瀧さんも、夜中まで時間はあけてある。

銀座シネパトス１・２・３のすぐ近くで落ち合った僕たちは、銀座四丁目の交差点に向けて歩こうとした。歩き始めてすぐに雨が降ってきた。どこか喫茶店で雨宿りだ、と僕たちは思った。喫茶店はなかった。同行者のひとりが昭和通りに見つけた店は、喫茶店ではなかったが、雨宿りの客は歓迎するという。僕たちはその店に入った。六人だったような気がする。店の人がテーブルをつなげてくれた。

　よもやま話が三つないしは四つ、始まった。六人いると、話はそのくらいに分かれる。僕だけが思わずありついた珈琲に気をよくしていると、僕の隣にいた大瀧さんが、大きなパッドを僕に見せながら、

「僕はハードウエアに強いんです」

　と言った。

「たとえばこの雨ですけど、あと十五分たてば、僕たちは外に出て、歩けます。雨雲は移動しています。移動には速度があります。僕たちがいるところは、ここです。雨雲のちょうど下ですね。あと十五分すれば、雨雲はいなくなりますから、僕たちは外を歩けるようになります。十五分後のこの雨雲の位置を予測することも出来ます。十五分後の雨雲はここにいます。そして僕たちはここですから、雨の心配はまったくありません」

　僕の腕時計で十五分あと、雨はきれいに上がっていた。僕たちは外を歩いた。もういちど、場所は覚えていないが、僕たちは喫茶店に入った。外の歩きが終わってから、料理店の二階で、夕食に

なった。食事のあいだずっと、そして食事が終わってからも、大瀧さんは『銀座化粧』のことだけを、語っていた。

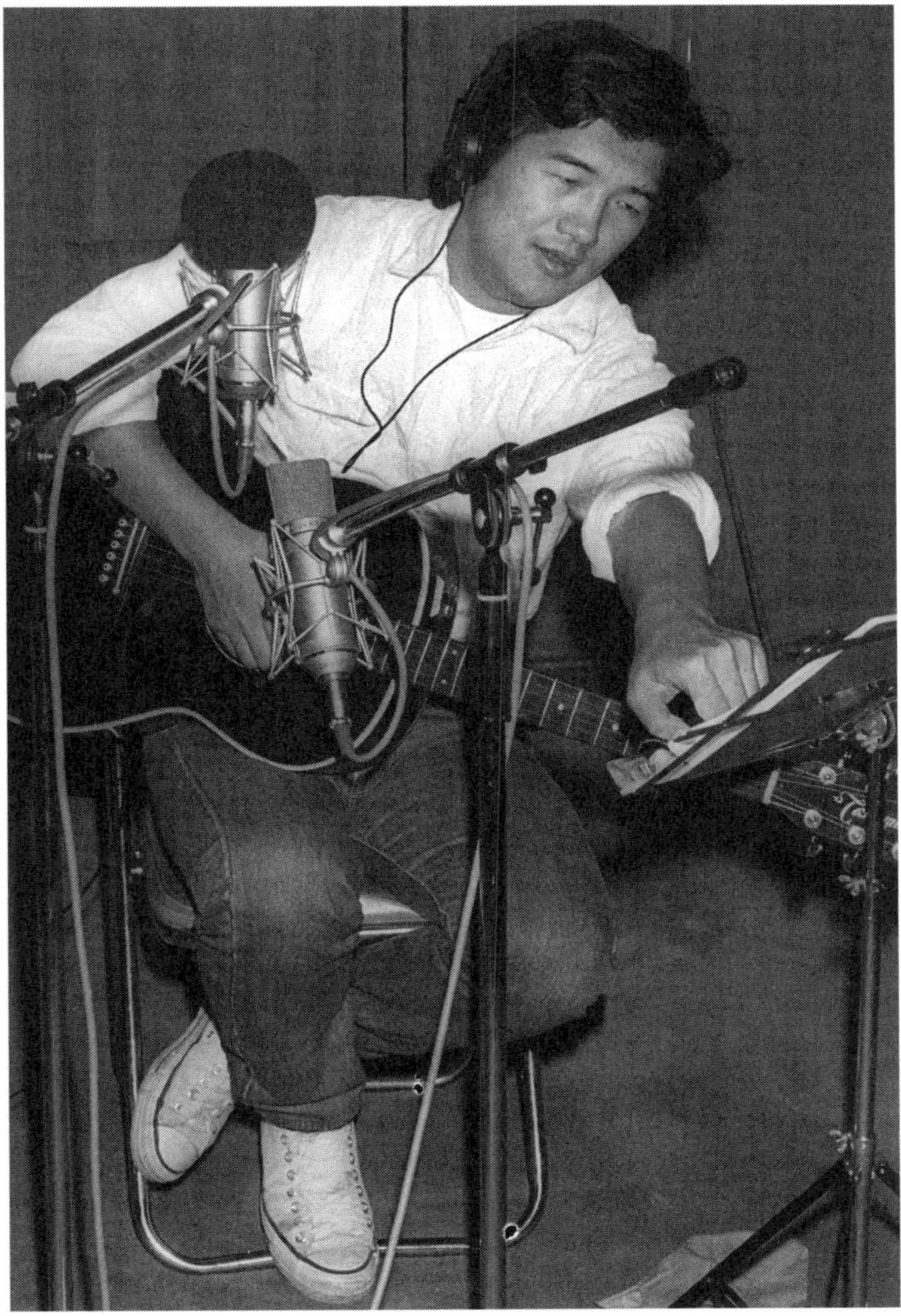

大瀧詠一さん。スタジオで録音中だ。なんという曲のどこを指しているのか知っている人たちは多いだろう。

珈琲を飲む男

　ごく普通の白い砂糖を固めて角砂糖にしたものだろう。縦横十八ミリの正方形で、厚さは十ミリだ。この角砂糖がふたつでひと組だと僕は理解している。ひとつは白い紙に包んである。もうひとつは緑色の紙だ。白い紙にはwhiteとあり、緑色の紙にはgreenと印刷してある。この紙で、正方形の平たい角砂糖が包んである。包むとき、おもてになる正方形の下の部分に、Afternoon Teaというひと言のnoonの部分がくるように、案配されている。機械で包んだのちに、左右が糊づけされている。ここから紙を破るといいですよ、という意味をこめて、包んである紙の裏の一部分に、五ミリほどの切れ込みが作ってある。

　僕がアフタヌーンティー・ティールームの、飲料や食べ物の店へいくのは、町田というところだ。町田に出ると気分に合わせて、立ち寄る喫茶店が何軒かある。アフタヌーンティーはそのなかの一軒だ。席について珈琲を注文し、さて、こうして僕はひとりなのだなあ、と軽い感銘を楽しむときの友だちのような存在が、白い紙と緑の紙に包まれた、ふたつの角砂糖だった。それらのいくつかを入れた小さな容器がテーブルに出ていた。僕は珈琲に砂糖もミルクも使わないが、この紙にくるまれた角砂糖は、白いのひとつと緑色のをひとつ、容器から取り出し、指先であるいは掌で、しばしその感触を楽しんだ。そしてこの角砂糖が、あるとき、消えた。違う容器に何本かさしてあったのは、紙を細い筒のように作ったなかに、白い砂糖を入れた、スティック・タイプと呼ばれている砂糖だった。あのふたつの角砂糖はもうないのかと思いながら、僕は一本のスティックを手に取って眺めた。珈琲がテーブルに届いた。僕はそのスティック・シュガーを容器に戻した。

　僕よりやや遅れて、左側の通路をへだてた斜め前の席に、男性がひとりすわった。僕とは斜めに向き合う位置だった。席について珈琲を注文するとすぐに、その男性は持ち手のついた鞄から数枚の書類を取り出し、その書類に書いてあることの検討を始めた。年齢は五十五歳くらいだろうか。スーツもタイも、僕にとっては、どうでもよかった。タイを締めた白いシャツの上に、彼はえんじ色のカーディガンを着ていた。えんじ色としか言いようのない色だった。つまらなくするために、わざとなにか暗い色を加えたような色だ。彼のスーツは充分に汚れていた。見ればわかるほどに、それは汚れていた。どこがなにで汚れているという問題ではなく、一定以上の時間のなかで、ぜんたいがまんべんなく、汚れていた。汚れは全体のことだったから、それを気にしないなら、彼はスーツを着てタイを締めた、立派な日本のサラリーマンなのだった。

　彼のテーブルへウエイトレスが来た。彼の注文した珈琲を彼女はテーブルに置いた。注文したものを確認して、ウエイトレスは去った。僕は自分の珈琲を飲んだ。せっかくだから考えごとをしようかと思っていたとき、僕は異様な物音を聞いた。その物音はうるさい音だった。通路をへだてた斜め前の席にいる、あの男性のほうから聞こえた。なにごとが起きたのか、と思った僕は彼のほうを見た。形容しがたい物音はなにだったのか。

　なにでもなかった。ウエイトレスが置きやすいところに置いた、受け皿に載った珈琲カップと匙を、その男性が自分のほうへ引き寄せただけだ、ということが僕にはわかった。男性は受け皿の上の匙を手に取った。このときもかなりの音がした。男性は手にした匙を珈琲のなかに入れ、音を立てながら三度、珈琲をかき混ぜた。そしてにやっと笑い、匙を珈琲から抜き出し、珈琲の上で何度か振ったのち、受け皿の縁に横たえた。置いた、と言うよりも、ごく短い距離なのに匙をほうり出した、という置きかただった。このときにも盛大な音がした。なにかをしようとすると、その行為には音が存分に伴う、という性質の男性だった。

　そして彼はいきなり片手をのばし、小さな容器のなかに何本か立てかけてあるスティック・タイプの砂糖を一本、指先に取った。細いスティックの一方の端をちぎり切るやいなや、彼はなかの砂糖を、自分の珈琲のなかに、すべて入れた。ついさきほど匙を珈琲の上で振ったのとおなじ手つきで、彼は空になったはずのスティックの切り口を珈琲に向けて、振った。スティック内部のどこかにとどまっていた砂糖の、小さな結晶のふたつあるいは三つが、珈琲の上に落ちたかもしれない。空になった紙のスティックを、彼は受け皿のそばにほうり出した。彼はミルクも使ったはずだが、彼とミルクの関係は、そのすべてを、僕は記憶していない。

　彼は匙を片手に持ち、珈琲に突き入れると、珈琲をかき混ぜた。回数を正確に数えておけばよかった。少なくとも十二回は珈琲をかき混ぜ、珈琲から抜き出した匙を受け皿の上に投げ出した。そして物音とともに珈琲カップを持ち上げると、珈琲をすすった。珈琲をすするその音と、カップを受け皿に置くときの音が良く調和しているのを確認して、僕は視線を伏せた。伏せたその視線は彼の足もとをとらえた。彼の足もとが作る景色もまた、彼が珈琲をすする音と調和していた。そして僕は、おそらく見てはいけないものを、見てしまった。

　彼が履いていた靴は、ぜんたいが黒い色の、硬質そうなゴムだった。かたちはごく平凡な男の革靴だが、皮革はどこにもなく、ぜんたいは妙な黒い色の、硬質ゴムだった。靴紐をとおす穴とそこをとおっている靴紐は、靴そのものと一体に成形されていた。靴紐はやや短い蝶結びで片方に寄せてあり、靴紐もそれをとおす穴も一体成形だから、微動だにしないのだった。硬質そうなゴムによって成形されて、すべてはそこにあった。これが音に聞く一体成形の男靴なのかと、僕は目を見張った。

「毎日のマグ」から「なんでもマグ」まで

手に入れた順番に書いていこう。片仮名で書くとマグだ。ジョニー・キャッシュのマグは、ＵＫのピラミッド・インタナショナルという会社の製品だ。液体のozで11だ。ミリ・リットルだと３１５になる。箱に印刷してあるのは、Everyday Mug という言葉だ。この言いかたに遭遇するのは、僕は初めてだ。毎日のマグ。つまり、毎日使ういつものマグだ。３１５ミリ・リットルのマグに、２００ミリ・リットルほどの珈琲を注げば、ちょうどいいのではないか。

持ち手の左右におなじポスターが縮小して印刷してある。今度の週末には最寄りの会場にこういう人が来て演奏しますよと、人々に知らせるためのポスターだ。ある年の六月二十七日、土曜日に、ジョニー・キャッシュはテネシー・トゥを伴い、ディヴィジョン・ストリート・コラールという会場に出演した。この会場はすでに閉鎖されているが、カントリー歌手やカントリー・バンドが多く出演したという。

アラバマ州のモンゴメリーというところにハンク・ウィリアムズの博物館がある。日本からでもマグは買うことが出来る。これも11ozのマグだ。持ち手の反対側にポスターが縮小して印刷してある。一九五二年の六月十一日と七月十二日に、ハンクはグランド・オール・オプリーに出演した。そのときの予告ポスターだ。

ジョニー・キャッシュのマグとその箱を直射光のなかで撮ってみた。

右側にあるのはハンク・ウィリアムズのマグだ。
ホンキー・トンク・ブレンドが露光過多ぎみなのは残念だ。

ハンク・ウィリアムズ博物館では珈琲も購入することが出来る。ひと缶、友人の篠原恒木さんが、買ってみた。三百十一グラムの粉だ。ホンキー・トンク・ブレントという。ブラジルとグアテマラの豆をブレンドしたものだという。焙煎はミディアムで、淹れた珈琲はフル・ボディだという。飲んでみたいではないか。缶に巻いてある紙に印刷したハンクのポートレートは、マグの側面に印刷されたものと、よく似ている。

エルヴィス・プレスリーのマグも日本で買うことが出来る。ふたつを手に入れてみた。どちらも11ozだ。カムバック・スペシャルのイメージのものがひとつ。そしてもうひとつは、一九五〇年代の後半、ある年の八月十日と十一日、金曜と土曜の二日間、フロリダ州ジャクソンヴィルのフロリダ劇場での、マティネーおよびナイト・ショーに、エルヴィスはここに登場した。そのときのポスターとおぼしきものが、持ち手の左右に印刷してある。箱にはAnything Mugとある。「なんでもマグ」とは、このなかになんでも立てておくためのマグ、というほどの意味だ。この言いかたも、僕は初めて知った。

この写真を見ていて思いついたのは、エルヴィスのマグを集めることだ。僕にはそのような趣味はまったくない。300個くらいはすぐに集まるのではないか。

スティーヴ・マックイーンとフランク・シナトラ

　スティーヴ・マックイーンの左手人差し指はその第一関節までほぼ彼の口のなかだ。彼はその指先を真剣に舐《な》めている。一個のドーナツをふたつに割ったとき、その指先に砂糖がついたからだ。右手にはそのかたわれのドーナツをマックイーンは持っている。小さな机に向かって彼はすわっている。その机にはドーナツと珈琲があり、珈琲の前にはスクリプトが広げてあり、彼は真剣に指先を舐めながら、スクリプトを読んでいる。彼が着ているものは、いまはクオーター・ジップと呼ばれているもので、長袖のスウェット・シャツのようなものだ。右耳には火をつけないままの煙草をはさんでいる。マックイーンはまだこの珈琲をひと口も飲んでいない、とこの写真を見て僕は思った。一九六三年にロケーション撮影がおこなわれたカリフォルニアのモントレーで、写真家のウィリアム・クラクストンがこの写真を撮った。いい写真だと僕は思う。二〇〇四年にTASCHENから刊行されたSTEVE McQUEENという写真集のなかに、友人の篠原恒木さんが、この写真を見つけてくれた。

　クラクストンがマックイーンを発見したのは、Wanted：Dead Or AliveというＴＶの連続ドラマだった。小さなモノクロームの受像機にマックイーンの顔がクロース・アップになった瞬間、クラクストンはマックイーンを発見したという。クラクストンがペギー・モフィットと結婚して間もなくの頃だった。

　ウィリアム・クラクストンの数多い写真集の一冊に、Young Chetという素晴らしい作品集があ

ウィリアム・クラクストンが撮影した一連の
スティーヴ・マックイーンから、 僕が感じるのは、 諦観だ。

る。チェット・ベイカーは一九二九年にチェスニー・ヘンリー・ベイカーとしてオクラホマ州に生まれた。一九五二年のチャーリー・パーカーのバンドをへて、一九五二年にジェリー・マリガンのピアノレス・カルテットに入った。チェット・ベイカーがもっとも良かったと言われる、一九五二年から一九五七年の彼をとらえた写真集だ。録音スタジオのなかで録音中のチェット、その他のミュージシャンをとらえた写真がたくさんある。

「歌いもするトランペット奏者なのか、トランペット奏者でありながら歌いもする人なのか、区別がつかなくなったよ」と、チェットはクラクストンに語ったという。自分の歌いかたがトランペットの演奏から大きな影響を受けていることも、チェットはクラクストンに語ったそうだ。クラクストンはチェットが初めて歌ったのを聴いている。カリフォルニアのどこか個人の山荘でおこなわれたジャム・セッションだったという。居合わせた何人かのミュージシャンのなかにはジューン・クリスティがいたという。チェットに歌うことを勧めたひとりは、彼女だった。

フランク・シナトラとドーナツの写真を見つけてくれたのも篠原さんだ。楽屋としてメークアップその他に使える専用のトレーラー・ハウスのなかで、メークアップの鏡の前になかばすわったシナトラが、左手にドーナツ一個を持って笑顔でいる写真だ。映画を撮影中の一九五〇年だという。縁に合計で九個の明かりのついた鏡にシナトラはよりかかるようにして、左手に一個のドーナツを持って笑っている。そのシナトラのすぐ前にあるのは、受け皿に載った珈琲カップだ。

フランク・シナトラが映画のための演技者として高く評価されたのは
1953年の『地上より永遠に』という作品だった。

寅次郎恋歌

『男はつらいよ　寅次郎恋歌』は一九七一年の作品で、寅さんシリーズの八作目だという。単純に引き算をすると、二〇二二年引く一九七一年は五十一年になる。『男はつらいよ　寅次郎恋歌』はいまから五十一年前のものだ。期待は高まる。五十一年前の日本がこの映画のなかにとらえられている、と考えるなら。

百十四分あるという。長過ぎるのではないか。もう終わってもいい頃だ、と思っても、終わる気配はない。冒頭の葬式、そしてそれに関連した場面をすべて取り去ると、九十四分くらいになる。

マドンナの登場が遅い。マドンナを池内淳子が演じている。主人は死んだ、と彼女は言う。小学校三年生になるひとり息子がいる。柴又で喫茶店を経営するという。女手ひとつでやってます、という台詞が彼女にある。彼女の喫茶店を正面から撮影したショットが何度かあるのだが、僕は店名をとらえそこねた。

その喫茶店は、一九七一年の松竹の美術部が作ったセットだ。一九七一年の日本がここにある。寅さんは珈琲を飲まない。「珈琲というものが寅さんにはないのですよ」という説の人がいる。この喫茶店に客としてではなく入ったりもするのだが、寅さんは珈琲を飲まない。「喫茶店のことをキッチャテンと言いますし、珈琲はコーシーですからね」という説を唱える人もいる。

「角を曲がって突き当たりね」と、さくらが言っている。この喫茶店のある場所だ。「角」とは、参道の角のことだろう。参道の終わるところを左に曲がると、信号のある道に突き当たる。「帝釈天の横」という台詞もある。帝釈天とは、題経寺《だいきょうじ》のことだ。このお寺の横とは、道をへだてた向かい側を、意味しているのかもしれない。その突き当たりとは、道へ出る寸前のところではないか。

僕が観たDVDでは、日本語の台詞を聞きつつ、英語の字幕を見る、ということが可能だった。だから僕はそうしてみた。英語の字幕には発見がたくさんあった。可能なかぎり少ない語数で、日本語の意味するところを伝えたい人にとって、英語の字幕は勉強になる。

たとえば、おいちゃん（車竜造）の名台詞と言われている、「馬鹿だねえ！」の英語の字幕は、A complete fool! となっていたことなど、僕には興味深い。「馬鹿」はA foolでいい。「だねえ！」を、まるっきりの、という意味を加えた強調と解釈して、A complete fool! としたのは、見事と言うほかない。「馬鹿だねえ、まったく！」と言うおいちゃんを森川信が演じていた。森川にとってはこれが最後のおいちゃんとなった。

「そうでなくちゃ」という日本語の台詞は誰のものだったか。おそらく寅さんだろう。

英語の字幕では、

That's the spirit!

となっていた。

スピリットは魂でもいいのだが、ここでは「意気」がいいだろう。意気投合する。人生意気に感じる。心意気。というような「意気」だ。「その意気だ！」と日本語でも言うではないか。That's the spirit! は「その意気だ！」に該当する。

「元気ないじゃないか」

と寅さんが言っていた。帝釈天の境内で、小学三年生の男のこに。マドンナの連れ子だ。三人の学友のなかに入って四人の仲良しになりたいのだが、三人は彼を無視している。だから彼は境内の一角にすわり込み、寅さんが語りかけているのに、返事もしない。

Why so sad?

と字幕には英語が出た。

sadは「悲しい」だが、looking sadと言えば、元気なさそう、という意味になる。

さくらが中年女性のひと言を立ち聞きしてそのことを「おばちゃん」の車つねたちに再話して涙ぐむ場面がある。勉強しないでいると寅のようになるよ、というひと言をさくらは聞いてしまったのだ。「寅みたいになるよ」というひと言が英語で言えるかどうか。字幕にはYou end up like Tora. とあった。これでいい。と言うよりも、これで充分だ。

長引かなくて良かったよ。という台詞があった。死ぬまでの時間が長くかからなかったのはいいことだった、と言っている。死ぬまでの時間が長くかかるとは、それだけ痛みに苦しむことだ。このように解釈するなら、英語の字幕はすんなりとわかる。She wasn't in pain long. と字幕に出た。このような英語がとっさに出てくるようになるには、長引く、という日本語を根源的な意味まで、分析していかなくてはならない。長引くとは、いったいなになのか。

かねで始末がつくなら。こういう言いかたも、とっさに英語にするのは難しい、と多くの人は言う。If money can take care of it. と字幕には出た。「どうかしましたか?」はIs anything wrong? でしかない。「はたで見るほど楽じゃないですよ」という寅さんの台詞も、It's harder than it looks. と、単純になる。問題は日本語の言いかたなのだ。言いかたの底に、ひどく単純な意味がある。マドンナの台詞のなかに、銀行から振り込みます、というのがあった。I will pay through the bank. と言えば充分なのだと、字幕が教えてくれる。

「結構、毛だらけ、猫、灰だらけ」という言いかたを、ごく幼い頃に覚えたが、それ以後現在にいたるまで、一度も使っていない。このやや古風な言いかたが、寅さんの台詞に二度あったのには、驚いた。英語の字幕にどう出たか、これだけのために『男はつらいよ　寅次郎恋歌』を観るのも一興だろう。

寅さんは、ある時ふっと、柴又へ帰ってくる。そこにマドンナがいる。マドンナとの確執が終わると、寅さんはふらっと旅に出る。こういう設定は魅力的だと思う。

『男はつらいよ　寅次郎恋歌』
DVD価格：1,980円（税込）
発売販売元：松竹

あのジグザグを求めて

最初のジグザグはボールペンだった。実店舗の店頭で見つけた。ビックの赤と黒の二色ボールペンの軸の色は上部が白で、そこから下は黄色だった。そのボールペンのクリップの先端から十三ミリほど下がった位置に、七ミリほどの幅で、ぐるっと黒く、あのジグザグが印刷してあった。そのすぐ下に©2013 Peanuts とあった。

ジグは五つだった。ザグは六つだ。知らない人なら、これはいったいなにか、と不思議に思ったはずだ。僕は買った。おなじボールペンを三本。一本が三百五十円だった。そして、次の日またその店へいき、あのボールペンを一本だけ残して、すべて購入した。この話を賛同者の八巻美恵さんにしたところ、

「買い集めましょう。いまから始めます」

と彼女は言った。ある特定の店にだけ置いてあったもののようだ。次の日に電話をしてきた彼女は、

「買い集めました。都内にはもうないはずです。買ったものを渡します。いつがいいですか」

と、いつものクールさで言うのだった。

彼女から僕はビックのボールペンを受け取った。三十本以上あった。テーブルの上にすべて出してみた。壮観だった。これでいい、と僕は思った。

ディヴィッド・マイケリスという人が、二〇〇七年にチャールズ　M・シュルツの伝記を書いた。SCHULZ AND PEANUTS という伝記だ。六百五十五ページもあるから充分に厚い。読み始めた

ばかりの僕は二十ページまで読んだ。ワイオミング州ララミーにあるオルバニー郡のパブリック・ライブラリーが、自分のところの蔵書から取り下げ、中古の市場に出したものだ。

この伝記のダストジャケットのぜんたいが黄色で、題名と著者名が黒、そしてA BIOGRAPHYというひと言だけが、小さく赤で印刷してある。この黄色いダストジャケットのまん中より少しだけ下がった位置に、幅三十六ミリの太さの黒で、あのジグザグが描いてある。そしてビックのボールペンの黄色と、このダストジャケットの黄色が、まったくおなじであることを、僕は発見した。

チャールズ・シュルツによる原作コミックでは、このジグザグはチャーリー・ブラウンの着てい

ふたとおりのジグザグがここにある。 ボールペンのほうが現物に近い。
伝記のほうは定規を使ってジグザグを描き、 黒で塗りつぶしてある。

る半袖のポロシャツの、胸と腹の中間あたりに描いてある。ジグザグ模様のポロシャツだ。このジグザグをシュルツは一本のペンで描いている。毎日の連載はすべて白黒だったから、シュルツの黒く描けるペンを使っている。使ったペンの跡が、ジグザグのなかに残っている。ジグザグは完全なまっ黒ではなく、ペンの跡による白い部分がほんの少し、残っている。それがビックのボールペンでは再現されていた。伝記のジグザグは残念ながらまっ黒だ。

チャーリー・ブラウンはいつもおなじものを着ている。靴は褐色で半ズボンは黒だ。黒の長ズボンを穿くときもあるが、これは珍しい。そしてあのポロシャツだ。専任の彩色担当者がこの色にきめたのだろう。連載の日曜版はカラーだったから、チャーリー・ブラウンのポロシャツの色はシュルツがきめたのかもしれない。PEANUTSと題した小さな日めくりカレンダーを見ると、赤いポロシャツのチャーリー・ブラウンを見ることが出来る。くすんだ青のときもある。ポロシャツ本体の色がどのように変わっても、ジグザグのかたちと色がおなじであることに、変わりはない。喉もとのボタンはあるようでなく、襟の先端はとがっていないと、チャーリー・ブラウンにはなれない。

ジグザグのTシャツがあるそうだ。友人の篠原恒木さんがオアフ島のアラモアナ・ショッピング・センターで購入したという。タグにあったブランドの名前は、JUNK FOODだった。可愛らしい黄色の地に、ほんとだ、あのジグザグがある。黒いジグザグだ。シルクスクリーンで黒を置いたか、などと僕は思った。シルクスクリーンなど昔のことだ。いまは貼りつけてある。黒い布だろう。ジグザグの幅がやや太いか、とも思うが、それは問わないことにしよう。貼りつけてある黒いジグザグは、強力に貼りつけてある。ただのアイロンづけではない。片隅からはがれていくのではないか、と思いながら、ジグザグの尖った部分を指先の爪ではがそうとしてみたが、びくともしなかった。簡単にはがれては困るのだ。

チャーリー・ブラウンのフィギュアは、僕の知るかぎりでは、三種類ある。ひとつは店頭で購入した。頭のかたちや大きさがまるで似ていない。キー・チェーンのための短い鎖が、彼の脳天に打ち込んであった。これはあんまりだ、と思いながら、僕はそれを引き抜いた。もうひとつのフィギュアも、頭のかたちや顔が彼に似ていない。丸くて大きな頭をしたあの子ども、としてチャーリー・ブラウンは認識されている。たとえばスヌーピーは、飼い主であるチャーリー・ブラウンの名は認識していないが、丸くて大きな頭をしたあの子ども、という認識はあるはずだ。

チョコレート菓子の食玩になった『ピーナッツ』の連中から、チャーリー・ブラウンをふたとおり紹介しよう。チョコレート菓子を買うと、箱のなかに『ピーナッツ』の誰かがいる。ルーシーを求めているのだが、まだ出てこない、と言っている人は、今日もまたこのチョコレートを買うのだろうか。そしてかならずはずれる。チャーリー・ブラウンは、手のありかたが少しだけ異なるのが、少なくともいまの段階では、ふたとおりあることがわかっている。ルーシーにはふたとおり以上あるといい。三とおりも四とおりも。

チャーリー・ブラウンは前髪が額に描いてある。いつ頃からだったか、後頭部にカウリックが立つようになった。前髪とカウリックがあるのだから、頭ぜんたいは髪におおわれている。淡くくすんだ細い金髪が、長くもなければ短くもなく、頭のかたちに沿って生えている、という種類の髪だ。一見したところ髪がまったくないように見えるのは、頭の大きさと丸いそのかたちを、シュルツは誇張したかったからではないか。

　四角い皿のセットがあった。三枚でひと組だった。チャーリー・ブラウンやスヌーピー、それにあのジグザグが、三枚のなかに描かれていた。キャンディ皿として、キャンディとともに、人に進呈した。蓋のついたマグがある。蓋にはチャーリー・ブラウンの笑顔が描いてある。この顔も似ていない。煎茶やハーブ・ティーのためのマグだろう。Vフィルターと称するポリエチレンのフィルターがついている。これにハーブや煎茶を入れて蓋をして蒸らしたのち、フィルターを引き上げれば、煎茶やハーブ・ティーの出来上がりだ。二百五十ccはある。これで珈琲を飲んでみようか。このマグはぜんたいが黄色だ。下から二十五ミリのところに十五ミリの幅で、持ち手のこちら側からあちら側までぐるっと、黒いジグザグが描いてある。ペンの跡を残した感触は、わずかにやりすぎではないか。

　ダブル・クリップになったジグザグもある。横幅が十九ミリといういちばん小さいクリップ、つまり書類止めの、側面が赤いのが三個、黄色いのが三個の、合計六個だ。赤いほうには、赤い小屋の屋根に仰向けに寝ているスヌーピーの姿が描いてある。片方の側面ではスヌーピーは目を閉じて空を向いている。もう一方の側面では、目を開いて顔をこちらに向けている。黄色いクリップは両面ともに黒いジグザグだ。六百円だそうだ。透明な袋に入っている。透明ではないヴィニールの袋もある。淡く茶色に色のついた袋だ。PEANUTSに関したなにかが入っていたのだろうが、いまは袋だけが僕のところにある。横幅いっぱいに黒いジグザグが描いてある。垣根のような立体だ。その上にスヌーピーとウッドストックがいる。

僕は珈琲

数人で喫茶店に入って席につき、注文を告げるとき、「僕は珈琲」と言う人がかならずいる。これを英語に直訳すると、I am coffee. ともなる。僕は珈琲とおなじになってしまうではないか。これだから日本語はおかしい。早急にここをなんとかしなくてはいけない。という話を、僕はかつてどこかで、何度も読んだ。

「僕は珈琲」という口語の日本語では、「僕は珈琲（を注文します）」の、「を注文します」が省略されている。言いかたを少し変えて、「僕が注文したいのは珈琲です」とでも言うなら、「が注文したいの」と「です」が省略されている。こんなことは日本語で育った人なら誰でも承知している。いちいち自覚しないだけだ。「僕は珈琲」は、ひょっとしたら、古い笑い話なのだろうか。

寿司の店で店主が握ってくれる握り寿司の英語訳は古い冗談だが、いまだに流通している。イクラが How much? でシャコがガレージとおなじようなものなら、いくらでもならべることが出来る。アジは taste だ。イカは under だという。イカが以下なら、一例として、「七歳以下の子供」は children under seven とごくまともに英訳出来るからイカは under なのだ。マグロは true black だし、アナゴは hole child だ。そしてコハダは small skin だ。

鉄火巻きは steel fire roll と見事な直訳だが、カリフォルニアでは人々はそう呼んでいますよと言われたなら、信じる人の数はけっして少なくないだろう、と僕は思う。巻物はすべて roll だ。キュウリの巻物は cucumber roll と言い、サラダの一種として人気があるそうだ。

スズキがmy nameというのは判じ物に近い。寿司屋の店主が入魂のスズキを二貫、客の皿に置いたら、その客はスズキを指さして、My name! と叫んだという。その人は名を鈴木さんといった。良く出来た笑い話なので、スズキの英訳としてすでに定着しているそうだ。

直訳には効用がある、と僕は思う。青春はブルー・スプリング。作家はメイク・ハウス。こうして書いていると、なんだかすがすがしい気持ちになってくる。愛の結晶はラヴ・クリスタル。五目炒飯がFried Rice With Five Eyesとなっているのを目にしたときには、僕は喝采を送った。よくぞここまでやった、という気持ちだった。

僕がもっとも高く喝采を送ったのは、日本の部長さんが発したひと言だ。夕方、タクシーで宿舎のホテルに帰って来たアメリカ人の仕事仲間を待ち受けた彼は、指で自分の口もとにかかげた杯を自分のほうに傾け、酒を酌み交わすという意味にするあのジェスチュアを加えて、「一杯やりましょう」と、英語で言ったのだ。その英語は、Let's do one cup. というものだった。

「やる」はdoで、「ましょう」はlet'sだ。このふたつをつなげてlet's doとし、「一杯」のone cupをそのあとにくっつければ、Let's do one cup. となって、これは立派な英語じゃありませんか、どこがいけないんですか、と信じきっている彼の態度に対して、我が国の戦後における英語教育が発揮した効用の頂点がここにある、とすら僕は思った。

宮沢賢治を英語で読む、という課題を僕は楽しんでいる。『銀河鉄道の夜』は、Night On The Milky Way Trainとして、ロジャー・パルバースによって英語に訳されている。ちくま文庫で手に入る。一の「午後の授業」そして二の「活版所」を読んだところだ。

『英語で読む宮沢賢治詩集』という作品も、ちくま文庫で手に入る。彼の詩でもっとも多くの日本人に知られているのは、「雨ニモマケズ」という三十行の作品だ。「雨ニモマケズ」は、Strong in the rainと訳されている。ここが最初の段落だと僕が考える七行までとその英訳は、次のとおりだ。

雨ニモマケズ
風ニモマケズ
雪ニモ夏ノ暑サニモマケヌ
丈夫ナカラダヲモチ
慾ハナク
決シテ瞋ラズ
イツモシズカニワラッテイル

Strong in the rain
Strong in the wind
Strong against the summer heat and snow
He is healthy and robust
Unselfish
He never loses his temper

英語に翻訳すると意味はその細部までわかることは確かなようだ。僕が体験した実例をひとつあげよう。『源氏物語』を僕は読んでいない。書き出しの部分である「いづれのおんときにか」という日本語は、読めはするけれどその意味は、なんとなくわかっているようだが、よく考えるとまったく不明だ。読めはするけれど意味はまったく不明のままに、時間は経過していった。その時間のなかで、アメリカの友人が『源氏物語』の英訳本を、僕はもう読んだからきみがまだだったらどうぞ、と僕に中央線のなかでくれた。

　いづれのおんときにか、を僕は思い出した。これを読めば、あの部分の意味がわかるのではないか、と考えた僕は、その英語訳の書き出しの部分を読んでみた。チャールズ・イー・タトルという出版社による、分厚いペイパーバックだった。

　いづれのおんときにか、という平安時代のなか頃の日本語に対応する英語の部分は、In the reign of a certain emperor, というものだった。こう言われると、隅々までよくわかる。「いづれの」は a certain なのだ。一例をあげると、こういうことだ。ここまでよくわかる読書は自分にはまだ必要ないと判断した僕は、せっかくの『源氏物語』の英語訳を、書き出しの部分を読んだだけでやめてしまった。

　『方丈記』の英語訳がなんとおりかある。まず日本語の書き出しの一節を、そしてそれに続くものとして、おなじ部分の英語訳をふたとおり、挙げておこう。

ゆく河の流れは絶えずして、しかも、もとの水にあらず。よどみに浮かぶうたかたは、かつ消え、かつ結びて、久しくとどまりたる例なし。世のなかにある、人とすみかと、またかくのごとし。
(方丈記／鴨長明 著、簗瀬一雄 訳注　一九六七年　角川文庫)

The flowing river never stops and yet the water never stays the same.
Foam floats upon the pools, scattering, re-forming, never lingering long.
So it is with man and all his dwelling places here on earth.
(英語で読む方丈記／鴨長明 著、森口靖彦、デイビッド・ジェンキンス訳　二〇一二年　ＩＢＣパブリッシング株式会社)

Ceaselessly the river flows, and yet the water is never the same,
while in the still pools the shifting foam gathers and is gone,
never staying for a moment.
Even so is man and his habitation.
(The Ten Foot Square Hut And Tales Of The Heike / A. L. Sadler　一九七二年　タトル・パブリッシング)

ホット・コーヒー、ここにもあります

翻訳家の藤本和子さんのエッセイ集『イリノイ遠景近景』は一九九四年に新潮社から刊行された。それが二〇二二年、ちくま文庫の一冊になった。『イリノイ遠景近景』は単行本になったときの題名であり、もとになったエッセイが『小説新潮』に連載されたときには、「三界に住処あり」という題名だった。

「『住処』は当然ながらつねにある具体的な場所をさしているものでありながら、場所に限定されないものでもあるからです。『住処』は思想であり、時間であり、記憶でもあります。人々と結ぶ関係もそうです。行ないもそうでしょう。『イリノイ遠景近景』で伝えたかったのは、私が動きと時間とを住処にしているようす、人々との出会いを住処にしているようすでした」

と、文庫の「あとがき」のなかで藤本さんは書いている。「どこを読んでも面白いエッセイの傑作！」という、翻訳家、岸本佐知子さんの言葉が、本体に巻いてある帯に印刷してある。

その五十八ページに、ホット・コーヒー、という項目がある。縦長のミシシッピ州はいくつもの郡に分かれている。そのまんなか、南のほうに、コヴィントンという郡がある。アラバマ州に近い南のほう、あるいはメキシコ湾にも近いか。ホット・コーヒーといまでも呼ばれている一帯が、このコヴィントン郡にある。

パイオニーア・デイズ（西部開拓時代）には交通の要所だったクロスロードが、この郡にはあった。ウィキメディア・ファウンデーションの助けを借りて僕が日本語で書くと、人々がしばしば利用した北から南への道には、ジャクソンズ・ミリタリー・ロードと呼ばれた道があり、東から西への道はワゴン・ロードがあった。このふたつの道が交差するところが、ホット・コーヒーと呼ばれるようになった一帯だ。

一八七〇年、いまから百五十二年前、明治三年。当時の日本では平民に苗字が許されたりしていた。この一八七〇年、ふたつの道が交差するところにすでにあった旅館の一部を店にして、珈琲を市販することを思いついた人がいる。英語のウィキペディアだとL．J．デイヴィスという人だ。珈琲のための水は天然の湧き水で、珈琲豆はニューオルリンズ製、甘味をつけるものとしては、モラセズを使った彼の珈琲は評判になった。珈琲の味をそこなうからと主張して、クリームは絶対に供さなかったという。入口の天井から実物の珈琲ポットを吊るし、ここいらでは最高の珈琲がここにあります、と宣伝した。

この交差点は上下二車線のハイウェイ５３２がとおるところとして、現存するようだ。ここを中心にして二十キロほどを、地元の人たちはHot Coffee Roadと呼んでいるそうだ。

知らないわけではないけれど

知ってはいるけれど、自分ではこれまで一度も使ったことのない日本語がじつに多いことに、数年前から僕は気づいている。知ったのは、六歳、七歳、八歳という子どもの頃だ。この年齢の僕の身辺にいた大人たちから教わった。自分の身辺にいつもいる大人の最たるものは母親だ。知ってはいるけれど、これまで自分では一度も使ったことのない日本語のほとんどを、僕は母親から教わった。子ども向けのいろんな雑誌に掲載されていた数多くの漫画からも、僕は日本語を学んだ。漫画が子どもにあたえるさまざまな影響を、正しく評価しないといけない。

自分で使うことはないにせよ、知ってはいるのだから、それらは地下水脈のように機能して、自分の日本語能力の基礎となっているのではないか。このような理屈を考え出し、その理屈を全面的に受け入れることによって、知ってはいるけれど一度も使ったことのない言葉の数々を当然のことにする、という方策を編み出すと、いっときの安心は得られた。

いっときの安心は、文字どおりいっときのものであり、長くは続かなかった。自分では一度も使ったことのない日本語が、会社の内部というところでは盛んに使われていまも現役であるという事実を知ったとき、自分の日本語能力は、点数をつけるなら六十五点なのだと、僕は直感した。

理想的な百点満点があったとして、自分が知らない世界の言葉を三十五点分だとすると、残りは六十五点ではないか。会社の内部というところを僕は知らない。そこで飛び交っている言葉も、知らない。自分の日本語能力は六十五点だという直感は、ここから生まれてくる。日本そのものである会社の内部を、日本にいながら、僕は知らない。自分が書く文章は、なにをどう書くか、につきる。思いのほか数の少ない語彙で、なにをどう書くかを、僕はまかなってきたのではないか。

言葉は時代によって変化する、という平凡な意見は、その平凡さにおいて、僕になにほどかの安心感をあたえてくれた。僕が子どもだった頃にすでに大人だった人たち、たとえば僕の母親は、いまの僕が知ってはいるけれど一度も使ったことのない言葉を、実際に、自在に、使っていた。そのような言葉が通用した社会を、母親のような大人たちは生きていた。その大人の子どもである僕が大人として生きる社会は、母親たちの頃にくらべると、すでに大きく変化していた。知ってはいるけれど、一度も使ったことのない言葉が、こうして僕の内部に蓄積される。使う場所がないから、使わないままでだ。この平凡な説が、僕を安心させたのは、事実だ。

知ってはいるけれど、一度も使ったことのない言葉とは、どのようなものなのか。たくさんある。ほんの一例を列挙してみよう。

「いの一番に」

「朝っぱらから」

「暮らし向き」

僕より三十年も若い人が、日常の言葉として、じつになにげなくこう言ったのには、驚いた。

「もともこもない」

「もと」は元と書く。利益を生じるよりどころとしての元金だそうだ。ガンキンと読む。「こ」は子だ。もとのものから分かれて新たに利益を生じるもの、という意味だそうだ。

「一にも二にも」

「そこまでは言わずにおこう」

「それを言っちゃおしまいよ」

「腹ごなし」

「腹ごしらえ」

数年前、知人が日常的な会話のなかで、ごく当然のようにこれを使った。

「こいつぁ朝から縁起がいいや」

「そうは問屋が卸さない」

生産者と消費者とのあいだに中間業者があり、問屋とはそのような中間業者だそうだ。

「桃栗三年柿八年。柚子の大馬鹿十八年」

と言ったあと、「お前は何年かかるんだ」と会社の上司が叱るのだという。接ぎ木すると四年で済むそうだ。

「あたかも」

「ときあたかも」

とも言う。恰も、と漢字では書く。冷蔵庫にまだケーキがあたかも知れない、という用例があるそうだ。

「何をか言わんや」

「言わんこっちゃない」

「案の定」

アンノサダメではない。アンノジョウ、と言う。

「筋金入り」

スジキンハイリ、と言った人がいる。

「花を持たせる」

これがなんのことだかわからなかったのは、二十代のなかばだ。本来なら自分の手に収めることの出来た勝利や栄光を相手にゆずること、という説明が国語辞典に出ている。

「人道的な活動」

これとほぼ対応するものに、Humanitarian efforts という英語の言いかたがある。

「喫する」

コーヒーやお茶、煙草などを口を通して喉に入れる、という意味だ。その場所として喫茶店という言葉が存在しているが、珈琲を喫する、という言いかたは使ったことがない。

「いっしょになってから」

ヨーコ・オノが日本語で応対したインタヴューのなかで、何度かこう言っていた。結婚してから、という意味で、いっしょになってから、と言った人たちが、かつて日本にいた。DOUBLE FANTASY John and Yoko 東京展の会場で、ジョン・レノンとヨーコ・オノのインタヴューが二種類、十インチのLPで発売された。この「東京編」を聴いた僕は、この言いかたに久しぶりに接した。

まだたくさんある。列挙しよう。

「渡りに船」

「あれは明らかに彼の勇み足だ」

「へらず口を叩く」

「このときとばかりに」

数年前、面と向かってこの言葉を使った人がいた。僕は驚いた。身構えたほどだ。

「そんなことをしてまで」

「腹もちがいい」

「二の句がつげない」

「手早く」

「そんなところで油を売ってないで」

「人《ひと》身《み》御供《ごくう》」

「他の追随を許さない」

「それは万人が認めるところだ」

「いまさら申し上げることもないのですが」

「どこからともなく」

「彼の今日《こんにち》あるのは」

「矢つぎ早に」

「身から出た錆」

「人間万事塞翁が馬」

「私からこれを申し上げるのは口はばったいことですが」

「前代未聞の」

「だから言ったでしょう」

「こけつまろびつ」

「なんのこれしき」

と人が言うのを聞いて、一度だけこの言葉を使ったことを、思い出した。ある小説のなかで男性がこう言った。

「言うことがころころ変わる」

「石にしがみついても」

「歯をくいしばって」

「軽々しく言うべきことではない」

「一目瞭然だ」

「目を皿にして」

「杳《よう》として行方が知れない」

「大口を開けて笑う」

「次から次へと質問を繰り出す」

「周囲がとやかく言うことじゃないだろう」

「駆け足旅行でしたので」
「白羽の矢を立てられる」
「いける口だね」
「大威張りで」
「大船に乗った気持ちで」

日本語でこう書いた

神田三省堂書店の前を西へとおり過ぎたところで、偶然に彼と会った。僕より十歳ほど年上の男性で、すぐ近くにあった出版社で編集の仕事をしていた。

「すぐそこだよ」

と言って彼は前方を示した。

「珈琲だ。つきあえよ」

彼が向かっていた喫茶店へ僕たちは歩いた。

「大箱が好きなんだよ」

と彼は言った。

「大箱がなにであるかは、知ってるだろう。店に入るとなかが広くてさ。客席がたくさんあって、どの席にも客がいるんだ。その大箱の片隅が、俺は好きなんだ。大箱の片隅で、片隅感を楽しむ。大箱でなくては出来ないことだよ」

靖国通りから少しだけ入ったところに、その店への入口があった。店のなかは広かった。どの席にも客がいるように見えた。

「これはいい。あそこが空いている」

と彼は言い、店のなかを片隅の席へ急ぎ足で歩いた。文字どおり店の片隅にその席はあった。僕たちはそのふたり用の席についた。片側は煉瓦の壁だった。

「この椅子からだと、広い店内を一望出来るんだ」

彼はうれしそうだった。

若い男性のウエイターに彼は珈琲を注文した。僕もおなじものだった。この店の珈琲のメニューには、「当店のブレンド」というものがあり、その下に小さな活字で、次のように注釈がしてあった。「珈琲のひと言でご注文いただいたお客さまには、当店のブレンドをお届けしております」

当店のブレンドが、やがて僕たちのテーブルに届いた。

「あの雑誌にきみが毎月発表してる短編は、呼んでるよ」

と彼は言い、受け皿に載った珈琲カップを手もとに引き寄せた。

「どれもみな、不思議な感じがするよ。翻訳を読んだときの感じと似てるかな」

彼の言葉のなかに出てきた「翻訳」という言葉を、僕は次のように言い換えた。

「あらゆる出来事が時間順に書いてありますから、読む人にとっては、わかりやすいのです」

「うん、そこなんだよ」

と言って、彼は珈琲をひと口だけ飲んだ。

「出来事だけが物語のなかに書いてある。筆者の気持ちをいくら文章のなかに探しても、それは報われない」

「出来事だけが書いてありますから」

「うん、そうなんだよ」

ついさきほどとおなじ言葉を僕は受けとめた。

「読み手というものを、まったく意識してないね。日本語の文章だと、小説にしろなににしろ、常に読み手が意識されていて、読み手の理解はすべてそのなかで完結していくんだ」

「そうなのですか」

「当然のことだよ。きみの小説には、その当然のことが、まったくないんだ」

「出来事の意味だけを客観的に書きたいと願っています」

「だからそこが問題だね。筆者の心情はまったく書かれていない。どうすればいいんだ。文章というものは、基本的に言って、ごく保守的なものなんだよ」

「僕の小説にはその保守性がないのですね」

　と僕は言ってみたが、彼はそれには答えなかった。

「句読点のことも関係してますね。主として読点です。ピリオドを打ったなら、その文章はそこで完全に終わる。と同時に次の文章が始まるのだから、どこからどのような言葉で始まるのか、よくわかっていないことには、完全なピリオドにはなっていないのだ、と厳しく教えられました」

　僕の説明を彼は聞き、珈琲を飲んだ。僕も自分の珈琲を飲んだ。

「それは日本語でもおなじことだよ。ひとつの文章の終わりは、次の文章の始まりなんだから。そしてそこに、書き手の主観が反映されるんだ。きみはさっき、意味だけを客観的に書きたいと言ったけれど、意味だけが伝わるということはないんだよ」

　ここで僕は気づいた。遅すぎる、という意見もあるだろう。彼にとってもっとも好ましい日本語の文章はとっくに定まっていて、僕が書く文章は、小説であれなにであれ、彼にとっての好ましい日本語のなかには入っていないのだ、ということに僕は気づいた。僕が小説で使う日本語は、彼にとっては日本語ではない。一見したところ日本語のようであるけれど、どこか奇異なものであり、故に彼にとっては、そのような日本語を書いている僕自身を含めて、少なくとも一段は低く見ている。僕が書く日本語を彼は気に入っていない。そのことに僕はやっと気づいた。

なにかが決定的に欠けている

キッド・ギャラハッドの物語が最初に映画になったのは一九三七年だった。原作はフランシス・ウォレスで、ボクサーを主人公にした小説だ。ウエイン・モリスという俳優がキッドを演じたという。ホテルのベルホップという役柄だったそうだ。一九四一年にサーカスを舞台にしてリメイクされたときの題名はThe Wagons Roll At Nightだったという。一九六二年のエルヴィス・プレスリーが主演したKid Galahadは三回目になるのだろうか。日本での題名は『恋のＫＯパンチ』だった。

最初から最後まで僕は観た。エルヴィスが劇中で歌う歌が七曲、クレディットの最後に表示される。こういうのも、劇中で歌う、と呼ぶ範囲に入るのだろうか。入らない、と僕は思う。しかし、僕は好いている。彼がローラ・オルブライトとふたりで、教会へ向けて歩いていく場面に重なる歌は、良かったと僕は思っている。場面の背景に映画音楽があるかわりに、彼の歌が重なるのだ。

あれよあれよ、と思っているうちに、映画は終わっていた。観終わってじつに不思議な感触が残った。この不思議さについて考え続けた結果として、なにかが決定的にないからこうなるのだろう、という結論に達した。決定的にないのは、いったいなにか。なにがないと、こうなるのか。

それは経済問題ではないのか。陸軍を除隊したキッドは故郷に帰ってくる。トラックのうしろに便乗しているキッドが、しきりに左右の景色を気にする描写がある。気にしているのではなく、久しぶりに見る故郷の景色が次々に自分の左右を流れ去るからだ。彼はやがてトラックを降りる。こ

の彼がいくらの現金を持っているのか、いっさい説明されない。したがってそのことは誰にもわからないままとなる。除隊して帰ってきた彼を迎えて、久しぶりだなあ、立派になったよね、といった再会もなければ、彼がどこに寝泊まりしているのかすら、不明のままだ。不調の自動車を簡単に直してしまう才能はあるのだろうな、ということはわかる。わかりはするけれどそこまでであり、不調な自動車を直すことが、彼の日常を支える経済へとは進展していかない。人は誰かになにかをする。その代償として受け取る金銭が、その人の日常を作る。こういった描写がいっさいないままだと、観終わった僕が感じたような、ぼうっとした不思議な感触があとに残る。

　キッドのトレーナーとして、チャールズ・ブロンソンが登場する。この人も旅籠《はたご》屋のひと部屋でひとり暮らしをしているはずだが、ボクシングのトレーナーとして、どのような経済が彼を支えているのか、まったくわからない。朝一番の珈琲だと言って、一階へ階段を下りてきて、珈琲を飲む。灰色のスウェット・シャツの下は白いＴシャツという姿だ。この姿で彼はほぼ全編にあらわれる。珈琲を満たしたカップを持って、彼は階段を上がっていく。珈琲とブロンソンの場面はもうひとつ

キッド・ギャラハッドの試合がおこなわれる日に、
パーカー大佐を多少とも戯画的にとらえた人物が登場する。
この人物は一見に値すると僕は思う。

ある。固いクラッカーを珈琲にひたして柔らかくして、彼が食べてみせる場面だ。

　キッド・ギャラハッドのマネージャーを引き受け、彼の興行もおこなっているイン・キーパーをギグ・ヤングが演じている。役名はウィリー・グローガンという。彼のところへ都会から、この場合はニューヨークから、モブスターがやってくる。キッド・ギャラハッドのマネジメントに関してはすべてを我々がおこなう、という意思表示をモブスターたちはしなくてはいけないのだろう。そのような話のとっかかりとして、まあ取っておけよとモブスターはグローガンに百ドル紙幣で五枚、五百ドルを手渡す。指先にその五百ドルをつまんだグローガンは啖呵のような台詞を言い、こんなものは捨てちまえと、五枚の百ドル紙幣をその場で捨てる。百ドル紙幣はテーブルやフロアに落ちる。五百ドルという具体的な金額が、五枚の百ドル紙幣で提示されたこの場面は、貴重だと僕は思う。誰の経済であっても、数万や数千ではなく、数百なのだ。

　このグローガンが珈琲を飲んでみせる場面がある。帳場のカウンターとは別に小さなテーブルがあり、そこに電熱器があり、電熱器の上には珈琲の満ちた透明なガラスのフラスコが置いてある。電熱器はふたつならんでいるモデルだから、その上のフラスコもふたつだ。サーモスタットが電熱器を制御し、フラスコのなかの珈琲は一定の温度に保たれるのだろう。誰が飲んでもいい珈琲だ。このフラスコのひとつを手に取り、電熱器の脇にいくつも伏せて用意してあるカップに、グローガンは珈琲を注ぐ。珈琲カップのかたちは、この時代でもまだ、平たくて広い。

おどれの珈琲はいまもまずいのぉ

一九六九年に製作されたエルヴィス・プレスリー主演の映画は、原題をCharro! という。スペイン語で「乗馬の達人」や「つばの広い帽子」、あるいは「メキシコ人」など、charroの意味は多岐にわたるという。日本での題名は『殺し屋の烙印』というものだった。

音楽はヒューゴ・モンテネグロだ。エルヴィス・プレスリーは、クレディットを背後に主題歌を歌うだけだ。最初から最後まで、彼は髭面で画面に登場する。この髭を剃る場面があるかと思ったのだが、それはなかった。髭面でしかも歌わないエルヴィスは「新境地を切り開いた」と言われているが、そう言えば確かにそうだ。まだ若い無名に近い男優、と僕は受けとめた。彼はエルヴィス・プレスリーなのだ、と思ったことは一度もなかったか。この意味では、この製作費の安い西部劇は、「新境地」と言っていいだろう。

髭面を見せるエルヴィスの主演映画がもう一本ある。日本で公開されたときの題名は『バギー万才!!』で、原題はLive A Little, Love A Littleだった。この映画に、エルヴィス・プレスリーが不精髭を剃刀《かみそり》で剃る場面がある。女性のビーチハウスで睡眠薬のようなものを飲まされて三日三晩眠った彼が目を覚まし、まず三日分の髭を剃る、という設定だった。映画が始まってから三十分ほどで、この場面がある。新聞社の報道写真家として登場する彼は、この三日三晩の一件で新聞社を解雇される。エルヴィスの使っている剃刀が、本物の刃のある剃刀だとは考えにくい。刃のない、映画用のプロップを、彼は使っているはずだ。刃のない剃刀でいかにして髭を剃るのか。

とある町で保安官の事務所を、ジェスは訪ねる。ジェスというのは、映画『殺し屋の烙印』でエルヴィスにあたえられた劇中の名前だ。ジェスは悪党たちによって罠にかけられ、無実の罪を着せられ、指名手配のポスターまで作られている。ジェスは悪党たちとは縁を切った、と語るジェスを保安官は信じたい。複雑な思いで保安官はジェスに珈琲を勧める。事務所のなかで、ジェスと保安官がふたりだけで、一杯の珈琲をめぐってやりとりを交わす。この場面は唯一、面白かった。ふたりのやりとりを、僕に出来る範囲の広島言葉で書いてみよう。理由はこれと言ってない。

「久しぶりじゃのう」

と保安官が言う。ふたりはかつて知り合いだった。ジェスがまだ悪党だった頃からのつきあいではないか。

「珈琲でも飲まんか」

「あのまずい珈琲か」

「いまじゃますますひどくなっちょる。まあすわれや」

保安官は部屋の片隅へいき、そこにある小さなテーブルの上のコーヒー・サーヴァーを手にとる。青い色のポットだ。エナメルだろうか。そのポットから保安官はふたつのマグに珈琲を注ぐ。どちらのマグにも三分の一ほどだから、１００ccから１２０ccくらいではないか。マグのひとつを保安官はジェスに手渡す。ジェスはその珈琲を飲む。そして次のように言う。

「こりゃあ昔とおなじじゃ。なんにも変わっちょらん。ただのまずい珈琲じゃ」

まずい珈琲、というものが、きまり文句のように、アメリカの日常語のなかにある。そのひと言をふたりの男たちのやりとりへと分解すれば、この場面になる。

エルヴィスの髭面。これは珍しい。
新境地と言っていい。

夢と希望の流行歌

古賀政男の作品から二〇〇曲を選び、十枚のCDに収録して箱に入れ、二万円だそうだ。ディスク1の第一曲目は関種子の『乙女心』という歌だ。この歌を僕は知らない。関種子の名前は、『雨に咲く花』を最初に歌った歌手として知っている。その歌を僕は聴いた。昭和十年のことだったという。『突破無電』という映画の主題歌で、のちに発売禁止になった。

広告のリストによると、関種子の歌はほかに五曲ある。『青春図会の唄』『窓に凭れて』『美わしの宵』『朝顔の唄』『去りゆく影』。どれも知らない。知らないとは、聴いたことがない、という意味だ。この十枚組のCDは、「昭和歌謡史に燦然と輝く古賀メロディの集大成」だそうだ。

神楽坂はん子、という人の歌が六曲ある。『だから今夜は酔わせてネ』『あゝそれなのに』『見ないで頂戴お月様』『芸者ブルース』『こんなベッピン見たことない』『雨の田原坂』。どれも知らない。しかし、聴いてみたい。曲名を見ていくと、気持ちはかなり高まる。

いろんな歌手のさまざまな唄がある。『なつかしのブエノスアイレス』『秋はさみしい』『ネクタイ屋の娘』『裏町セレナーデ』『シクラメン咲けど』『どうじゃね元気かね』。こういう歌を聴いてみたくならないだろうか。聴くためには、この十枚セットのCDを購入しなくてはいけない。

古関裕而の箱入りCDもあった。CDが六枚にDVDが一枚つき、全一三九曲で税込み一万五千七百十四円だ。古関裕而は、「激動の昭和という時代に、人々の心の支えとなる数多くの楽曲を生み出した」人だという。『愛国の花』『ラバウル海軍航空隊』『若鷲の歌』『フランチェスカの鐘』

『長崎の鐘』『ニコライの鐘』『青春の鐘』『ひめゆりの塔』。

自分で淹れた一杯の珈琲を飲みながら、雨もようの午後、僕はなおも曲名を見ていった。『船頭可愛や』『河原すゝき』『夜更けの街』『白いランプの灯る道』『みどりの雨』『いつだったかな』『全国高等学校野球大会の歌』。購入しようかしまいか迷っていた僕を、吉田正がさらに誘惑した。『夢と希望の流行歌　吉田正作品集』と題して、二四〇〇曲を超える全作品のなかから、吉田正生誕百年を記念した一〇一曲が五枚のＣＤとなって箱に入った。一万一千円だ。

「日本に夢と希望が漲っていた時代」がかつてあったことは、僕でもかすかに知っている。夢とは、若い彼と彼女がふたりして作る家庭だったか。そして希望とは、彼らの家族がやがて住むはずの、マイ・ホームだったのか。

吉田正は『夜霧の第二国道』の作曲者としてしか僕は知らない。『七つの星座』『アイ・ラブ・ユー』『わたしは島の紅椿』『浮名化粧』『しのび泣く夜の雨』。どの夢も希望も、僕は聴いたことがない。こうした夢や希望を、いま頃になってようやく、本来の歌として受けとめるのは、けっして悪いことではない。やや冷めかけた珈琲を飲み下しながら、僕はそう考えた。

珈琲でも飲もうか

珈琲でも飲もうか、という言いかたがある。言葉数を少なくする人なら、珈琲でも、と言うだろう。珈琲でも飲まないか。珈琲でもどうだい。言いかたのヴァリエーションはいくつかある。珈琲、といったんは特定しながら、「でも」のひと言をつけ加えることによって、その特定を中和している。「でも」とは、なにか。とかつての僕は考えていたのだが、その考えをいま少し深くすると、「でも」の謎はなかば解けるような気もする。

喫茶店に入って一杯の珈琲を注文する。しかし目的は珈琲だけではない。一杯の珈琲を飲み終えるまでの時間のなかで、自分の頭のなかに去来することの総体が、一例として、珈琲「でも」なのではないか、と僕は考えている。珈琲は注文しやすい。ある時代までは、店に入って席につき、珈琲、のひと言ですべてはつうじた。珈琲、とだけ言えば、珈琲だけが出てきた。料金を支払えば、それですべてはおしまいだった。その一杯の珈琲とともに過ごすひとときは、誰のものでもなく、自分ひとりのものだった。珈琲、のひと言で、そしてその代金で、誰のものでもない自分ひとりの時間を、買うことが出来た。しかもその代金は店を出るときに支払うのが常だった。すべてが終わってから、代金を支払うのだ。「珈琲」と「珈琲でも」とは、まるで異なる。

寿司でもつまみながら、と数年前に僕に言った人がいた。彼は僕をいきつけの寿司店へ誘い、寿司を食べたかったのだ。このことは確かだ。しかし彼が求めていたのは、寿司だけではない。白木のカウンターに僕と向き合い、世間話のあれやこれやがとりとめなく交わされる時間をも、彼は求めていた。カウンターの皿に握り寿司が置かれていく時間は、まさにそのように経過している時間ではないか。飯でも食いながら、という言いかたもある。

　僕は実例が欲しくなった。「珈琲でも」の実例だ。やや古い日本映画のＤＶＤを僕はいくつか観た。少し古ければ、「珈琲でも」の実例に遭遇する機会は多いのではないか、と僕は考えたからだ。「珈琲でも」のひと言を求めて、やや古い日本映画のＤＶＤを僕は観ていくのだ。「珈琲でも飲まないか」と人が言うとき、平日のまだ夕方になる前、午後二時三十五分頃、明らかにすべてが弛緩した状態だと、僕は想定していた。

　一九六三年の作品である黒澤明監督の『天国と地獄』のなかで偶然に見つけた「珈琲でも」のひと言は、じつはきわめて珍しいものなのではないか。僕の想定とは正反対の、たいそう緊迫した状況のなかでの、「珈琲でも飲んでこい」だったからだ。

　一九五八年に特急こだまという電車が運行を開始した。東京と神戸を結んだ特急電車で、これを使うと、東京から大阪まで、運行当時は六時間五十分だった。運行開始から五年後、一九六三年、その東京発特急こだまに、誘拐者が指定した身代金三千万円の現金を持って、権藤（三船敏郎）という中年男性が乗っている。誘拐者は権藤がこの特急に乗るように指示をした。「乗ればわかるよ」と言われた権藤と、この事件を担当する刑事たちも、おなじこだまに乗っている。こうしたことすべての冒頭に、走るこだまのカットがある。右に向けてこだまは走っているが、逆ではないだろうか。

　誘拐犯人からこだまへ車内電話がかかってくる。若い女性のアナウンスで、「権藤様、電話がかかっております。ビュッフェへおいでください」と言う。身代金の現金を詰めた鞄を持ち、権藤は険しい表情で席を立ち、通路をビュッフェに向かう。当時はまだJRではなく国鉄だった。その国鉄ではある時期、食堂車のことをビュッフェと呼んでいたようだ。男性車掌の車内アナウンスとして、「ビーへ」というのを僕は聞いたことがあるし、まったく別の車掌が「ビフエ」と発音するのも聞いた。ぼんやりしていた僕は美笛と書き、ちょうどそのとき乗っていた新幹線こだまの停車駅のひとつだろうと思った。岐阜羽島、美笛、米原、というふうに、美笛はじつに駅名にふさわしいではないか。

　ビュッフェのカウンターの端に電話室があり、その向こうは隣の車輛とのドアだ。私に電話がかかっているようですが、とビュッフェの店員に言えば、狭い電話室の電話機を使わせてもらえたのだろう。この誘拐事件を担当している警部の戸倉（仲代達矢）と、その部下の部長の田口（石山健二郎）が、隣り合った席から、通路を歩いていく権藤のうしろ姿を見ている。戸倉は田口に、「珈琲でも飲んでこい」と言う。電話室がビュッフェのどこにあるのか、戸倉も田口もよく知っているのだろう。珈琲でも飲んでこい、という戸倉の言葉の意味を解釈しなくてはいけない。「すぐに権藤のあとを追え。そして電話室のドアごしに権藤を見張ってろ。ただし、周囲の人たちに、我々が警察の者であることを知られるな」という意味で、戸倉は田口に、「珈琲でも飲んでこい」と言ったのだと、僕は判断する。

　この台詞は必要なかったのではないか。田口は戸倉の顔を見る。それを受けて戸倉は、鋭くひとつうなずけば、それでいいではないか。田口はすみやかに席を立ち、権藤のあとを追う。

ビュッフェでは制服を着たカウンターマンがふたりいる。「珈琲を頼むよ」と田口は彼らに言う。珈琲はすぐに出てくる。カップに入った珈琲は受け皿に載っている。これを持って彼は電話室の権藤を見張る。ビュッフェのカウンターでは珈琲は立ち飲みだ。だから、田口が受け皿に載ったカップを持ってうろうろするのは、構わないのだろう。そういう演出なのだ。自分が警察の者であることを知られたくなかったら、部長といえどもビュッフェでは、ひとりの客にならざるを得ない。

すぐあとに戸倉もビュッフェにあらわれる。この戸倉もまた、「珈琲」とカウンターマンに告げる。誘拐者との電話を終わった権藤は、身代金を入れた鞄を持って電話室から出てくる。戸倉の珈琲がカウンターに置かれる。戸倉はそれを無視して権藤のあとを追う。田口がそのあとに続こうとするが、珈琲の代金を払っていないことに気づき、スラックスの右ポケットに手を入れる。彼はおそらく硬貨を取り出す。それをカウンターに置く。そして戸倉のあとを追う。田口は百円硬貨をふたつ、カウンターに置いたのではないか。珈琲一杯の代金は百円だったろうか。一九六三年の特急こだまのビュッフェの珈琲がいくらだったか、調べなくてはいけない。田口部長が百円硬貨を三つカウンターに置いたのなら、珈琲一杯の代金は百五十円になる。

卵を入れた珈琲とは

イングリッド・バーグマンがハンフリー・ボガートと主演した『カサブランカ』は一九四二年にアメリカで撮影された。日本はそのアメリカと戦争をしていた。味噌と醬油が切符制の配給となったそうだ。味噌や醬油の購入が切符によって制限されたのだろう。衣料品は点数制の切符となった。スーツは五十点だったが、ひとり一年分の点数は都市で百点だったから、スーツを一着購入すると、あとに残るのは五十点であり、これで一年をしのがなければならなかった。買う品物が欠乏して、なにもなかった、という現状に切符制はよく合っていた。これが一九四二年二月のことで、四月にはアメリカ陸軍の爆撃機が十六機、日本のすぐ近くまで来た航空母艦から発進し、東京、名古屋、神戸などを爆撃した。

九月には陸軍防衛召集規則というものが日本政府によって制定され、国民皆兵という日本の原則が現実になったことを、日本国民に実感させたそうだ。「欲しがりません勝つまでは」という標語が、戦時下の国民の心構えとして日本に広くいきわたった。ガダルカナルという島から日本軍が撤退することを日本政府が決定したのは、十二月三十一日のことだった。『カサブランカ』が公開されたのは、日本の敗戦によって戦争が終わった次の年、一九四六年だった。

この『カサブランカ』から三年後に、イングリッド・バーグマンの主演で、Spellboundという作品が製作された。一九四五年のことだ。アルフレッド・ヒッチコックが監督した。日本では一九五一年に公開され、そのときの題名は『白い恐怖』だった。音楽を担当したミクロス・ローザがアカデミー音楽賞となり、夢の場面ではサルヴァドール・ダリの絵画を参考にしました、と冒頭のクレディットに現れる。

イングリッド・バーグマンは精神科病院に勤めて精神分析を担当している、ピーターソンという女医を演じている。精神分析とは、なにか。僕が観たＤＶＤのパッケージには、次のとおりに印刷してあった。「精神分析は患者を誘導し心の扉を開かせる。問題が明らかにされ解釈されると病気と不安は消え去る。そして魂は解き放たれる」

ピーターソンが勤める病院に、新しい院長として、エドワーズと名乗る男性が赴任してくる。グレゴリー・ペックが演じるこの男性に、ピーターソンは一目惚れする。新しい院長がエドワーズであることは確かなのだが、この男性はエドワーズを名乗っているだけであり、しかもエドワーズを殺害したのは自分であると思い込み、そこを中心にして記憶喪失におちいっている。さあ、どうなるのか。

僕はエドワーズではありません。名前なんかなんでもいいですよ、ジョン・ブラウンにしましょう、と彼は言う。名前はジョン・ブラウンです、と言えば、私は名無しの権兵衛ですと言っているのとおなじだが、本名は不明のままだし、エドワーズでもない彼を、ブラウンさん、と人々は呼ぶようになる。

卵の卵黄を溶いて加えた珈琲が出てくる、という情報だけを頼りに、僕はこの映画を観ることにした。百十一分あるという。九十分を過ぎてもまだ、卵黄の珈琲は現れないではないか。マンハッタンにいるピーターソンとブラウンはロチェスターへいく。グランド・セントラル・ステーション

の切符売り場で切符を買い、汽車でロチェスターへいくのだ。ロチェスターにはピーターソンが医学生だった頃に精神分析を教わった先生がいる。先生には会いたいし、彼の助けを借りてブラウンの記憶喪失の皮膜が一枚ごとにはがれていけば、出来事ぜんたいの謎も解けるのではないか、と聡明な彼女は思った。

ふたりは再会を喜び合う。いまや大金持ちの老師とその美しい愛弟子のふたりだ。連れているジョン・ブラウンを、結婚した相手です、と彼女は老師に紹介する。明くる日の朝、彼女が部屋に来てみると、老師はひとりがけの安楽椅子に腰をずらし両脚を投げ出してすわり、眠っている。ジョン・ブラウンは長椅子の上で毛布をかけて熟睡中だ。彼女はふたりを起こす。いまは朝の七時です、という彼女の台詞に、僕は閃《ひらめ》いた。卵黄の入った珈琲が登場するのはここだ、そしてその珈琲はイングリッド・バーグマンが作るのだ、と閃いた。そしてそれからすぐあと、そのとおりになった。

ふたりとも疲れているはずだ、と彼女は思った。珈琲を淹れよう。そして卵黄をいくつか用意し、卵黄を入れて飲む珈琲にしよう、と彼女は考える。「エッグ・コーヒーを作るわ」という台詞が日本語の字幕に出た。その台詞とともに彼女は隣の部屋に姿を消し、しばらくのあいだ、戻ってこない。戻ってきたときには、盆の上に珈琲カップや受け皿、卵黄の入った容器、そしてごく普通にドリップしたはずの珈琲の満ちた容器などが、載っている。

老師が卵黄珈琲を作ってみせる。珈琲をカップに注いだのち、卵黄三つないしは四つを溶いて入れた容器から、珈琲のなかへ卵黄を注ぐ。注いだ卵黄はひとつ分にもならないのではないか。これで「エッグ・コーヒー」の出来上がりだ。老師はこの珈琲を画面のなかでは飲まない。「あなたに卵黄珈琲の作り方とその効用とを1945年のアメリカ映画に学ぶ。

も珈琲」と言って、彼女は珈琲カップと受け皿をジョン・ブラウンに差し出す。

このすぐあと、ジョン・ブラウンの右肩ごしにとらえたショットがある。彼が持っているカップのなかにあるのは、珈琲に見える濃い褐色の液体であり、溶いた卵黄を加えた「エッグ・コーヒー」ではない。カップと受け皿をジョン・ブラウンが足もとに落とす場面がある。このときは珈琲をすでに飲み干していたのだろう、破片とともに飲み残した珈琲が飛び散る、という描写はなかった。

卵には各種の栄養素が揃っているから、卵黄を生で珈琲に加えるのは、手軽に栄養を補給する手段として勧められる、という意見がある。ヴェトナムではこの「エッグ・コーヒー」が広く飲まれている、とする説もある。

スクランブルド・エッグスにドーナツと珈琲

いまから九十年近く前の一九三四年に、『或る夜の出来事』という喜劇映画がアメリカで公開された。原題はIt Happened One Nightという。当時の『コスモポリタン』という月刊誌に掲載された、サミュエル・ホプキンス・アダムスのNight Busという短編が原作になっているという。

銀行家の娘で裕福な生活をしているエリーは、父親が画策した飛行士との政略的な結婚に反対だ。マイアミの海に浮かぶ船の上で父親と口論した彼女は、船から海に飛び込む。ニューヨークへいって飛行士と直談判するのだと彼女は言い、泳ぎ去る。彼女はマイアミからニューヨークへの長距離バスの乗客となる。

このバスのなかで彼女は、失業中の新聞記者であるピーターと知り合う。会った瞬間からふたりは惹かれ合うのだが、その描写は喜劇的に抑制されたものであり、喜劇としての進行が優先されている。一九三四年当時の長距離バスがどのようだったか、なんとなくわかる。こんなことを知っていてもなんの役にも立たないのだが、途中で停まる都市の名を列挙していく車掌の口調など、面白い。

長距離バスだから夜を徹して走る。途中で大雨に降られる。ここで一泊したほうがいい、という判断のもとに、乗客たちはモーテルに部屋を取る。ピーターはエリーを妻と偽って宿帳に書き、ベッドのふたつある部屋を確保する。ふたつのベッドのあいだに紐を張って毛布をかけ、これはジェリコの壁だ、などとピーターは言う。僕が中学生のとき、ゴールデンゲート・カルテットで聴いた

『ジェリコの戦い』という歌では、And the walls came tumbling down. となっていた。ジェリコの壁は崩れるのだ。それはこの映画ではいつになるのか。

なにしろ一九三四年のことだから、壁の取り払われる様子が映画として描かれるのは、物語のいちばん最後になるのだろうと、二〇二二年の観客である僕は思った。まったく余談だが、一九三四年には東京・渋谷の駅前に忠犬ハチ公の像が建てられた。この像は金属で出来ていた。戦争中に強制された金属回収で忠犬ハチ公はつぶされ、戦後になってふたたび像が建てられた。

次の日の朝は早い時間からモーテルはあわただしい。ふたりの部屋には簡単な調理台がある。ピーターがなにか作っている。スクランブルド・エッグスにドーナツと珈琲、というような朝食をふたりは小さなテーブルで向き合って食べる。

エリーはドーナツをそのまま珈琲にひたしてから食べる。こうすると固く揚げたドーナツは柔らかくなり、食べやすい。その様子を見たピーターが言う。「割って珈琲にひたしたらすぐに引き出さないと、ドーナツが珈琲のなかで崩れる」。そのとおりだ。

ジェリコの壁は崩壊する。ふたつのベッドのあいだに張られていた紐は緩み、目かくしとしてそこにかけた毛布がフロアに落ちると、この喜劇はそこで終わる。

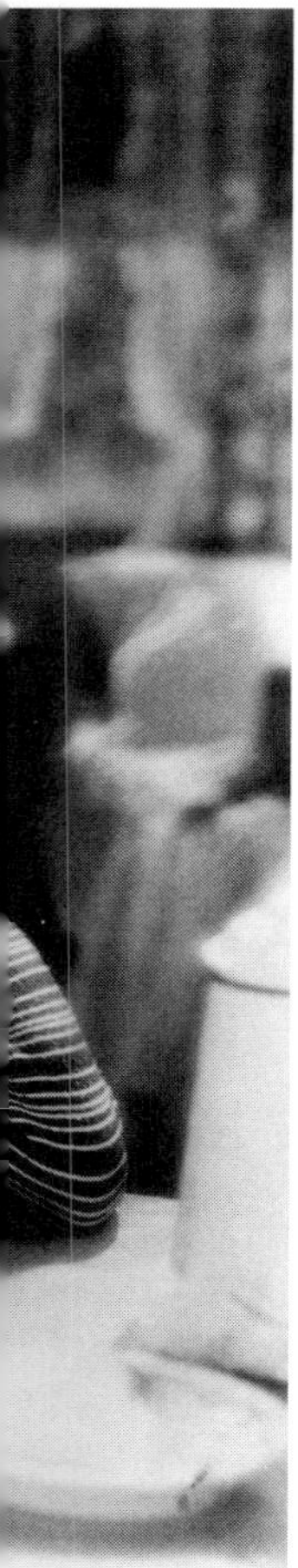

ドーナツはこんなふうに割って珈琲にひたすんだよ、と
クラーク・ゲーブルが説明し、クローデット・コルベールが
やや驚いた様子でそれを聞いている、という演出のなされた写真だ。

人生は野菜スープ

10cc というグループの三枚目のアルバムに収録してある曲のひとつは、「人生は野菜スープ」だ。日本語でこうなっている。原題はLife Is A Minestrone だ。ボウルに注いだ一杯の野菜スープ、というほどの意味だ。日本語になっているこの題名について、良くも悪くもない題名だ、と思ったことを、いまでも覚えている。

僕は神保町にいた。ひとりの夕食のあと、僕はラドリオという喫茶店に入った。三月になった頃だった。『野性時代』という雑誌の、一九七六年四月号に書かなくてはいけない短編について、僕は思った。いまのラドリオは正面のドアを入ってまっすぐいけばやがて突き当たりになってそこでおしまいだが、当時のラドリオの店内は「L」字のかたちをしていた。いまの突き当たりの部分から直角に右へ曲がり込む空間が出入口まであった。ラドリオには出入口がふたつあった。そしてこの空間にもカウンターと調理場があり、カウンターは客席に面していた。僕はその片隅の席にすわった。そこだけ空いていた。店内は賑やかだった。

一杯の珈琲を前にして、僕は鞄からノートブックを取り出した。夕食の前に三省堂で買ったばかりの六冊のうちの一冊だ。これもいまでも覚えている。ツバメの横罫Ａ５の、厚さの薄いノートブックだ。当時の僕はメカニカル・ペンシルを使っていた。購入した店舗ではこう呼ばれていた。芯ホルダー、と言ったほうがわかりやすいか。ぜんたいが少し短く、胴体は緑色のプラスティックだった。当時はまだ西ドイツと呼んでいた国が作ったものだ。

テーブルの上にそのノートブックを置いた瞬間、僕は思い出していた。人生は野菜スープ、という言葉だ。ノートブックを開いた僕は、右ページのいちばん上に、人生は野菜スープ、と書いてみた。右ページだけに一行おきに書いていく、という書きかたをそのときすでに僕は実行していた。自分の字で書いた、人生は野菜スープ、という言葉を、僕は眺めた。悪くないではないか。短編の題名だ。これにしよう、と僕は思った。

物語の冒頭の部分がすぐに出来た。映画を上映中の映画館の座席で、若い女性がひとり、居眠りをしている。ふと目を覚ました彼女がスクリーンを見ると、接吻の場面が大写しになっている、という冒頭だ。物語ぜんたいの三分の一くらいまで、僕はノートブックに書いたような気がする。帰り道の電車のなかで、残りを僕は考えた。それからの四十年足らずの時間のなかで、『人生は野菜スープ』という題名の短編を三つ、僕は書いた。題名はおなじだが、内容はもちろんそれぞれにまったく異なる。

喫茶店はないか、珈琲はどこだ

「日本の流行歌スターたち」というCDのシリーズがある。二〇二一年の十二月現在で1から50まで発行されている。題名のなかに、喫茶店、あるいは、珈琲、のひと言がある曲を求めて、僕は探してみた。21が平野愛子で、ここにいたってようやく、喫茶店が見つかった。『夢を呼ぶ喫茶店』という歌で、一九五〇年に録音されたものだ。残念ながらこの喫茶店で「二人」は珈琲ではなくココアを飲んでいた。

いつも二人で囁《ささや》いた喫茶店。だが今日は小雨に泣いている。だから自分ひとりで飲むココアは、ほろ苦い。という意味の歌詞がある。ふたりでいくあの喫茶店と、なぜだか彼女がひとりでいくあの喫茶店が、歌詞のなかで交互する。「若い二人の月の夜」があるかと思えば、「さめたココアをただ一人」という日もある。そして「甘いココアをただ二人」で、この歌は終わっている。

21の平野愛子から46の宝とも子の『コーヒー・ルンバ』にいたるまで、喫茶店も珈琲もなかった。

なぜこうもないのか、と僕は考えた。『東京コーヒー娘』とか『コーヒーで乾杯！』あるいは『珈琲小唄』『ジャヴァ音頭』など、ありそうではないか。「ちょっと一杯と言っても珈琲のことだよ」と歌っている歌手がいてもいいのに。

一杯の珈琲を飲んで過ごす時間というものが、その時代にレコードを作っていた人たち、たとえば作詞家たちの日常のなかに、なかったのではないか。仕事中にお茶を飲むことがあれば、そのお茶は煎茶、ほうじ茶、昆布茶であり、仕事が終わったら一杯やるとして、冷やでいこうか、人肌がいいな、僕は熱燗で、ということになるのであれば、彼らの日常のなかにコーヒー・タイムはなかったと言っていい。

　題名に、あるいは歌詞のなかに、珈琲、の一語がある戦時中の歌を、僕は一曲しか知らない。一九三九年の『一杯のコーヒーから』という歌だ。この歌の歌詞のなかに、「モカの姫君 ジャヴァ娘」という部分がある。一九三九年にはすでに、モカにするかジャヴァにしようか、という選択肢が珈琲にあったことを思うと、いまはなさ過ぎる、と僕は感じる。珈琲、という一語が譜面に乗りにくい、という問題も関係しているだろう。『一杯のコーヒーから』は最初はコーヒーではなくビールだった。「ビールから」なら、譜面のラ・ソ・ソ・ミという下降によく合う。ビールよりもコーヒーのほうがいいのではないか、という外部からの忠告に作詞者はしたがい、ビールをコーヒーに替えたという。珈琲がレコード製作者たちの日常にまったくなかった、とも言い切れないエピソードだ。しかし一九三九年は日本軍による真珠湾奇襲攻撃の二年前という、戦前のことになる。

　宝とも子のＣＤは四十六枚目であり、そこから五十枚目まで、喫茶店も珈琲なかった。宝とも子の『コーヒー・ルンバ』は一九六二年のＬＰ『君去りし夜』に収録してある。このＬＰが発売された頃には、西田佐知子の『コーヒー・ルンバ』が流行していたという。宝とも子の『コーヒー・ルンバ』の歌詞は西田のとはまったく違う。一番だけをここに引用しておこう。

　赤い夕日のたそがれ迫るころ
　よみがえるは懐かしい思い出

それはコーヒーのあの味あの香り
今はひとりわびしく味わう、ひとり

いまから数年前、ある夏の日の午後、中古レコード店のシングル盤のところを見ていたら、ウーゴ・ブランコの『コーヒー・ルンバ』を見つけた。三百円くらいの価格だった。『コーヒー・ルンバ』はこれが日本でのオリジナルだろう。原題はMoliendo Cafeという。モリエンドは、挽いて粉にする、というような意味だ。

南米のたとえばパラグアイのインディヘナたちが演奏している手製の楽器に、アルパと呼ばれるものがある。ハープを小型にしたもので四オクターヴをカヴァーし、三十六本程度の弦を張る。ペダルはない。フェリックス・ペレス・カルドーソはこのパラグアイのハープの演奏を得意としている。ヴェネズエラに場所を変えると、このハープはアルパ・ヴィアヘラと呼ばれている。日本語にすると、旅するアルパ、だろうか。持ち運びが苦にならない大きさと重さ、というような意味だ。このアルパ・ヴィアヘラをウーゴ・ブランコが『コーヒー・ルンバ』で演奏している。見事なものだ。「メロディが親しみやすいので、必ずヒット・チューンの上位にランクされることは確実でしょう」と、スリーヴ裏のライナーにある。B面にはウーゴ・ブランコが作曲した『らんの花』が収録されている。一九六一年の日本が作ったシングル盤だ。

迂回路ではないんだよ、医者だよ

ドトールのことを長いあいだ僕はdetourだと思っていた。チェーンの珈琲店の名に「迂回路」とはなかなかいいではないか、とさえ思った。detourをドトールと読む場合もあるのだろう、とも思った。しかし落ち着いてよく見れば、それはdetourではなくdoutorではないか。ドトールはポルトガル語で医者という意味だ。

　僕はドトールのエスプレッソを好いている。ごく小さなカップで供される。ＳとＭとの両方がある。Ｓがいい。店内飲食価格だと２２４円（二〇二二年十一月現在）だ。添えてあるスプーンがカップに合わせて小さい。この小さいスプーンがいますべて出払ってまして、大きなスプーンになりますけれど、それでよろしいでしょうか、と店員に言われたことがある。エスプレッソの機械がいま故障していますからエスプレッソはお出し出来ません、というのもあったし、これから豆を挽きますのでお時間がかかりますけれど、どういたしましょうか、というのもあった。２２４円の小さなカップ一杯でこのような体験が出来る。

　ドトールの謎なら、なんと言ってもミラノサンドだ。なぜ、ミラノなのか。近くにテューリンがある。トリノと読めばいい。ジェノアもある。モナコ。サンマリノ。ローマ。どれもみな、サンドと合うではないか。トリノ・サンド。ローマ・サンド。なぜ、ミラノなのか。

　ミラノサンドにはＡ、Ｂ、Ｃの三とおりがあった。どれも同じ値段だ、と思っていた僕は軽率だった。三種類のミラノサンドには価格の違いがあるのだ。価格が異なるとは、内容がそれぞれ違うということであり、謎はミラノサンドの内部にまでおよんでいる。ふたりの友人に因果を含め、僕を加えた三人である日のことドトールに入り、三人ともエスプレッソを注文する。確保した座席までそれを運び、しばしエスプレッソの時を過ごす。

僕を座席に残して、やおらふたりは席を立ってカウンターへいき、ミラノサンドのＡＢＣをそれぞれひとつずつ、注文する。三種類のミラノサンドはすぐに出来る。ふたりはそれを席へと持って来る。三種類のサンドイッチを適当にまわして食べる。やがて三種類のサンドイッチを食べ終わる。ふたりは感想を述べる。僕がそれを手帳に書きとめる。僕の感想を加える。

というところまで、僕は考えた。実行するのをいつにすべきかなどと思案していたら、友人ふたりはさっさと最寄りのドトールへいき、ミラノサンドのＡＢＣ、それにジャーマンドックとレタスドックを加えて、購入してきた。紙袋に入ったすべてを僕の前に置き、「はい、これ」と言った。書くのは僕ひとりだ。そうであるなら、食べるのもひとりで食べればいいではないか、ということなのだろう。持つべきは友人だ。

ミラノサンドのＡＢＣ三種類ともに、カウンターの奥の調理場でマニュアルどおりにとり急ぎ作り、カウンターごしに手渡した食べ物、という感触が等しくあった。しかし、注文したものをカウンター越しに受け取ることを、顧客はとっくに承知している。残された可能性としては、あそこであれを食したい、と真剣に思わせることだ。ミラノサンドＡＢＣは発展の途上だ。発展のための時間はすでに充分にあったはずだ。

ミラノＡは４５６円だ。生ハム、ボンレスハム、ボローニャソーセージの三種類が、レタスを敷いた全長十九センチ、幅六センチの左右ふたつに切り開いたバンにはさまっていた。「シンプルながら味わい深いサンドイッチです」（ドトールのホームページより）ということだ。

このミラノＡにはもうひと種類ある。「まろやかなクリームチーズ入りスライスチーズを」、すでに書いたミラノＡに加えたものだ。これが４８６円だ。チーズが加わるだけで30円高くなる、と理解していいのだろうか。

ミラノＢは「エビとサーモンとカマンベール」のサンドイッチだ。「ブラックペッパーをアクセントに、イタリアンドレッシングのさっぱり感も感じる」というもので、５５０円だ。

ミラノサンドＣは現在はなく、そのかわりに、「贅沢ミラノサンド」がある。直火で焼いたローストビーフを層状に重ねてバンの上にならべたもので、「赤ワインバルサミコ酢ソースと白トリュフオイル入りマヨソースが香ります」ということだ。６５０円だ。この「贅沢ミラノサンド」には、ビーフの表面を直火で焼いて肉の旨味を閉じ込めたあと、真空状態で加熱した、という別種類があり、これは７８０円だ。

以上、五種類のミラノサンドの価格だけをならべてみると、４５６、４８６、５５０、６５０、７８０となる。７８０円マイナス４５６円イクォール３２４円のなかに、五種類のミラノサンドがあることになる。もっとも大きな価格の開きは、１３０円だ（ミラノサンドの内容、価格は二〇二二年十一月のもの）。

ジャーマンドックについては、なぜこれがドイツ人の医者なのか、という新たな謎が浮上する。

「日本人は濁音で終わる英単語の発音が苦手なのです。bag はバッグではなく、ついバックと発音してしまいます。bedもベットと言いがちですよね。だからdogもドックなのです。それをそのまま片仮名で綴った結果、ジャーマンドックに落ち着いたのでしょう」と推理する友人もいるが、これは後日の課題としよう。

ジャーマンドックは「ドトールコーヒーショップのベストセラー商品」だそうだ。価格はひとつが２５０円だ。レタスドックは２９０円だ。左右に開いたバンに、ジャーマンドックと違って、レタスが敷いてある。そのうえのソーセージにかかっているのは、オリジナルソースだという。

ブラジルの深煎り

縦が十八センチで横幅は二十五・五センチだ。マチはない。オリーヴ色のコーデュラ・ナイロンでぜんたいが出来ているフラット・パウチだ。日本ではサコッシュと呼ばれている。頂上にジパーがひとつだけある。パウチの端から端までこれを全開にすると、ワン・ルームのパウチのなかがすべて見える。

ストラップが頂上の左右両端にある。左肩斜めがけにするといい。ストラップを首にかけたのち、そのストラップの下から右腕をとおすと、パウチは胸と腹の中間あたりに軽く押さえられる。着用した具合を僕は試してみた。悪くなかった。このパウチをかけて外出しよう、と僕は考えた。家から外に出て街のなかを歩いてみないことには、フラットなパウチといえども、その良さあるいは悪さは、わからない。

外出しなければならない用事はさしあたってなかった。珈琲を飲みにいくといい、と僕は判断した。サコッシュとそのなかに入れるものぜんたいの重さを僕は量ってみた。四百六十グラムあった。サコッシュを左肩に斜めがけして、僕は外出した。長袖のＴシャツに薄いフランネルのシャツ、その上に黒いナイロンのウインド・ブレーカー。チーノにいつものクライミング・ブーツ。サコッシュの重さはちょうど良かった。いつもの私鉄駅へ僕は歩いた。

駅に入るとすぐ手前に下りのプラットフォームがあった。上りのプラットフォームへいくには、目の前の跨線橋《こせんきょう》の階段を上がり、反対側へ出ないといけない。だから僕は下りの各駅停車に乗った。

電車は空いている時間だった。空いている時間に電車の座席にすわり、ひとつふたつと停車駅をやりすごす心地よさに、胸と腹の中間にあるサコッシュの重さが均衡していた。

三つ目の駅で僕は電車を降りた。商店街を歩いた。目ざす喫茶店はきまっていた。脇道のなかほどにあるその店に僕は入った。はいって左側にカウンターの席があり、通路をはさんでテーブルの席がいくつか向き合っていた。カウンター席のいちばん奥が空席だった。僕はそこにすわった。「本日の珈琲はブラジルの深煎りです」と手書きした小さなボードが、僕の右側の壁にかけてあった。僕はその珈琲を注文した。

ブラジルの深煎り豆による一杯の熱い珈琲はすぐに僕の手もとに置かれた。受け皿に載った珈琲カップとそのなかの珈琲を見つめていた僕は、ここにいるあいだに短編小説のメモを最後まで作るといい、と思った。その思いはすぐに決意となった。決意と言ったって、短編小説のためのメモを最初から最後まで作るだけだ、どうということはない。そう思いながら僕は珈琲を飲んだ。

短編小説のためのメモを最初から最後まで作る、という決意はいまの自分自身からの連想だろう、と僕は思った。電車に乗って珈琲を飲みに来た人。ほかに用事はなにもない。強いてあげるなら、サコッシュの具合を試す、という目的がないわけではない、という程度だ。その自分はこの喫茶店の常連だと言っていい。週に一度あるいは二度はここへ来ている。そして珈琲を飲む。ほかになんの用もなく、いきつけの喫茶店にふらっとひとりであらわれ、いまのようにカウンターの席にすわり、なにを考えているのか考えてはいないのか、本日の珈琲を飲んでいく。ただそれだけだ。このような人を主人公にして短編小説を書いたことがあるだろうか。一度もない、というのが答えだった。一度もないなら、書いてみてはどうか。

腹と胸の中間にサコッシュを立てて頂上のジパーを全開にした僕は、中から手帳とボールペンを取り出した。手帳は深みのある赤ワイン色の皮革表紙のミニ六穴だ。珈琲カップの受け皿のかたわらに、その手帳とボールペンを僕は置いてみた。おたがいによく似合っている様子を僕は観察した。

僕は手帳を見つめた。現実の自分が短編のなかの主人公と入れ代わるのを待った。小説の主人公の彼は、いまの自分とおなじような生活をしている。職業はフリーランスのライターだ。平日の午後、会社勤めの人なら仕事で忙しい時間に、いきつけの喫茶店へ手ぶらであらわれ、本日の珈琲をカウンターの席で静かに飲む。ここまでは現実の自分とおなじだが、ある瞬間を境にして、現実の自分は消えてなくなり、小説のなかの主人公だけが残る。その瞬間は内容をともなう。どのような内容なのか。

現実はいつものとおりに進んでいく。誰にとっても、昨日や一昨日とおなじく、こなすべき今日という一日だ。ところが、少なくとも彼だけは、その現実のなかで、驚くべきことを体験する。現実の裂け目から一瞬だけ見えた非現実、というような言いかたは大げさだろうか。彼はそんなことをまるで予期していなかった。思ってもみなかったことだ。すべての日常はなにごともなく続いていく。そのなかで彼だけが動揺するようななにごとかが、起きるといい。それは、なにか。

僕は珈琲を飲んだ。そして思いついた。その喫茶店の店主という存在を創作すればいい。その店主のひと言で、彼の日常はほんの一瞬、崩壊する。しかしその崩壊から、彼はすぐに立ち直る。いいではないか、と僕は思った。そしてその瞬間、その店主が切り盛りする喫茶店の様子のすべてが、僕の頭のなかに浮かんだ。と同時に、その喫茶店のある場所や、主人公となる彼が住んでいる家のある場所などが、きまった。その喫茶店は下高井戸にあるといい。そして主人公の彼は、下高井戸という終点そして起点から、東急世田谷線という二輛連結の電車でひと駅の、松原駅から歩いて五分のところにある家に、両親とともに住んでいる。喫茶店の店主はいつもひとりで店をやりくりしている。たまに若い女性が、カウンターの奥で珈琲を淹れたり、接客したりしている。彼の娘ではないか。

　そこまで考えた僕は、さらに思いついた。閃きを得た、とでも書くべきだろうか。これから書く短編小説のなかにある物語のすべてが、その閃きのなかにあった。

　明大通りを踏切から北に向かい、あるときふと脇道に入ってその奥までいったところに、その喫茶店はある。道に面した部分が喫茶店で、そのすぐ裏に、別棟で二階建ての住居がある。喫茶店のなかは十五席ほどだろうか。カウンターとならんで楕円形の大きなテーブルがあり、八脚の椅子がテーブルを囲んでいる。そのテーブルの右側に五席、左側に三席のテーブル席だ。

　店主はいま五十六歳だとすると、たまに手伝っている女性は、店主が三十一歳のときにもうけたひとり娘で、二十五歳になる。いつもとなんら変わることなくひとりで来て珈琲一杯の時間を過ごしている彼に店主はさりげなく接近し、

「折入って話があるんだけど」

と言う。

そこからのふたりのやりとりを僕は想像した。僕の頭のなかで、ふたりの男性が、会話をした。

「折入った話を、この僕にですか」

「きみにだよ」

「どんなお話ですか」

「ここじゃなんだから、外へいこう。外にも喫茶店があるんだよ。そこへいこう」

「小一時間ほどあと、僕がここを出るとき、お呼びします」

「呼んでくれればそれでいいよ。お呼びはしなくても」

小さい一時間を彼はいつものとおりに過ごした。珈琲を飲み、ひとりの時間を楽しんだ。その彼が店を出るとき、店主はレジにいた。

「お話をうかがいます」

「いいのかい」

「いつでもいいですよ」

「すぐにいくから、店を出たところで待ってて」

彼は店を出る。数歩だけ歩いたところで彼は立ち止まる。店主の気さくな様子を彼は気に入っている。折入って話があるとは、なにごとかを頼まれるのだろうか、などと彼は考える。店主はすぐに出てきた。店では黒いエプロンをしていたが、いまはそれをはずしていた。灰色の長袖ポロシャツの店主は、おもての道路に向けて歩き始めた。

「おもての道路に出て、踏切のすぐ手前、左側」

足早に歩きながら店主はそう言う。

「二階の店でしょう」

「知ってるのか」

「昨年は少なくとも二度は来てます」

外の道路に彼らふたりは出た。踏切に向けて歩き、そのすぐ手前で建物の二階へ階段を上がった。ふたり用の席が奥に空いていた。ふたりはその席にすわった。ふたりとも珈琲を注文した。

「折入った話とは」

と店主が言った。折入った話、という言いかたにふさわしい深刻さがどこにもないのを、彼は好ましく思った。

「いまの店を継がないか」

と店主は言い、小さいテーブルをはさんで向き合っている彼には、意味がとれなかった。だから彼は、

「なんですって?」

と訊いた。

「きみがだよ。いまの店を。継ぐんだよ。いまの店とは、ついさっきまできみが珈琲を飲んでた店のことさ。きみだよ。きみに白羽の矢が立ったんだ」

「その矢は僕に刺さったのですか」

気持ちを抑えるために、なかば冗談として彼はそう言った。

「きみに刺さったよ」

と店主は言い、次のように言葉を続けた。

「物色する、という言いかたは、よくない言いかたになるけど、あの店にはいろんな人が客で来るんだ。あの人はどうか、この人は、とやってたら、最後にきみが残った。娘が首を縦に振ったのが、唯一、きみだった。僕もいい歳になりつつある。ここらであの店をきみが継がないか」

というような会話をふたりは交わす。手帳や珈琲カップを眺めながら、僕は頭のなかでふたりのやりとりを作った。

「僕がまったく関知していないところで、そんな話が進んでいたのですか」

「折入った話とは、そういうもんだよ」

「あまりにも突然です。それに、いまの僕には、折入ろうがどうしようが、お話を受ける余地はまったくありません」

と彼は言う。

「経済的には成り立ってるんだ。娘にはなにひとつ不自由はさせてない。ひとり娘でね。大学へいきたいと言うからいかせてやったし。勤めをしたけれど、すぐに辞めて、いまはときどき店を手伝う。接客もする。親が言うのもおかしいんだけど、なかなかいい娘でね。姿のいい美人だし。交際すれば一発だよ。夫婦になればいい。そして、あの喫茶店を継ぐんだ」

「青天の霹靂《へきれき》、という言葉がありますけれど、まさにこれは青天の霹靂を超えてます。お話は到底受けられません。僕にはそんな気持ちはまったくないのです。いいお店ですよ、大事になさってください」

「娘をつけるよ」

新たに書くことにきめた短編小説の、以上が前半だ。これをすべて僕は頭のなかで考え、作った。前半がこのように出来ているということは、後半のすべてが最後まで、頭のなかに出来ていることを意味する。可能なかぎり現実の僕に近い人が、ある日、いきつけの喫茶店で、心からの驚きを体験するところから始まる短編小説だ。その前半を、僕は頭のなかに作った。

この短編小説を僕はとっくに書いた。二年ほど前のことだろうか。まだ活字にはなっていないが、ボイジャーという会社が運営するウェブサイトのなかの「短編小説の航路」に、「謎なら解いてみて」という題名で掲載されているはずだ。

書き手の僕が、どのような動機で短編小説をひとつ書くことにきめたのか、そしてその小説について、なにをどのように考えたのか、出来るだけ現実にあったことに近いかたちで、僕はこの文章で再現してみた。ある日の僕自身が、自分で書く短編小説の主人公へと変身していく様子を、僕は書いてみたかったからだ。

この物語の後半がどのように展開するのか、そして最後はどうなるのかなどについて、ごく簡単に書いておこう。きみがあの喫茶店を継がないか、継ぐなら娘をつけるよ、という店主の申し出を彼は断る。そのようなことは、いまの彼には到底出来ないことだからだ。思ってもみないことだ。

二階の喫茶店から降りた彼は東急世田谷線の電車に乗り、自宅のある松原の駅で降りる。店主の申し出を断っただけだと、物語はそこで止まってしまう。彼は代案を店主に提出しなくてはいけない。どのような代案なのか。

自分よりもはるかに適任である人を店主に紹介する、という代案だ。仕事仲間でおなじくフリーランスの、自分よりいくつか年上の独身女性を、彼は下高井戸から乗った世田谷線のなかで思い出す。何度か仕事をともにしたことがあった。印象は素晴らしいものだ。自分の喫茶店を持つのが夢だと語り、雇われでもなんでもいいから、店長として一軒の店をまかせてくれるところはないものか、とも言っていた。

松原駅の構内にはプラスティックの椅子がいくつか、横につながっている。そのひとつにすわり、彼女に告げるべきことを、彼は頭のなかで整理した。それが終わって、彼は彼女に携帯電話をかける。彼女が電話に出る。彼は説明する。彼の説明を聞いて、彼女は充分に乗り気だ。ぜひ話をつないでほしい、そしてその結果をすぐに電話で知らせてくれないか、という。彼は応じる。

彼は松原駅の反対側へ歩き、下高井戸へいく電車に乗る。彼はあの喫茶店へふたたびいく。店へ入ると店主が珈琲を淹れている。彼の娘が接客している。彼は店主のところへいき、僕よりはるかに適任の女性を紹介します、会っていただけますか、と訊く。会う、と店主は言う。彼女を連れて来るのをいつにするか、彼はきめる。この物語の後半は以上のようだ。

カウンターのいちばん奥の席にいる僕は、二杯目の珈琲を注文した。おなじくブラジルの深煎りだ。この二杯目が手もとに届いてから、僕は手帳を開いてボールペンを持ち、リフィルに書き始めた。ボールペンの大きな文字で、頭のなかで考えたばかりのことを、書いていった。大きな字しか僕には書けない。一ページに五行ほど書くと、そのページはいっぱいになった。

　二杯目の珈琲を飲み終えるのとほぼ同時に、僕は物語の前半のメモを書き終わっていた。リフィルは三分の二ほどを使った。手帳とボールペンを僕はサコッシュのなかに戻し、頂上のジパーを閉じた。僕の腹と胸の中間あたりで、サコッシュはほど良い重さと分量だった。

　ほどなく僕はその喫茶店を出た。僕は自宅へ向かった。私鉄の駅まで商店街を歩き、駅に入り、上りの各駅停車に乗った。自宅に帰って部屋に入り、いつもの椅子にすわった僕は、サコッシュを肩からはずした。頂上のジパーを開き、なかに入っているものを点検した。ティシュ・ペーパー。バンダナ。皮革の表紙に収まった四倍のレンズ。僕の右手の中指ほどの大きさのＬＥＤライト。ヴィクトリノックスのもっとも小型の五徳ナイフ。携帯電話機。皮革の表紙のミニ六穴手帳。ボールペン。手帳のリフィルはその三分の二ほどが、僕の書いたメモで埋まっていた。物語の後半に関しては、メモは必要ないのではないか、と僕は思った。

短編小説

謎なら解いてみて

藤崎浩が午後二時に待ち合わせている喫茶店の名前は、おととい、といった。一昨日、という意味の日本語だ。二年前に開店したときの正式な名前は、イタリー語でヴェニーレ・ラルトロイエリだった。小さな看板にはそのイタリー語が添えてあった。おととい来やがれ、というような意味の、相手に向けて悪態をつくときの言葉だ。常連になると誰もが、その店を、おととい、と呼んだ。そしていまではそれが店名だ。

私鉄の各駅停車の上りに乗り、五つ目で降りる。その駅の南側に出る。線路と平行する商店街から直角に坂を下り、交差する道路を左へ曲がってすぐに、おとといがある。二十八歳のフリーランスのライターである藤崎浩は、月刊雑誌の編集者である君島和之と、そこで待ち合わせの約束をしていた。新しく始める予定の連載に関して、ほぼ最終的な案を、藤崎は君島に語らなくてはいけなかった。

いつも持っている薄い奥行きの黒いナイロンの鞄を下げて、藤崎は自宅を出た。彼は両親とともに世田谷の実家に住んでいた。両親がいる母屋から廊下をのばした先に、十畳の部屋を増築した。彼が大学の三年生のときだ。彼はいまもそこに住み、そこで仕事をしていた。浴室とトイレット、そして簡単な炊事ならこなせる場所が付属していたから、彼ひとりの生活はそこで完結していた。クロゼットは廊下の片側に、そして本棚は反対側にならんでいた。収納のための棚もあった。

部屋のドアから庭の片隅に出て、彼はドアをロックした。そこから裏口へ歩き、敷地の外へ出た。いつもの私鉄の駅へ歩いた。ごく普通に歩くと、駅まで七、八分だった。五月の第一週、雨の降りそうな曇った日だった。歩いていく住宅地のなかは静かだった。トレッキング・ブーツにチーノ、そして濃紺に白で細かい格子のある長袖のスポーツ・シャツの上に、黒いナイロンのウインド・ブレーカーを彼は着ていた。

右折と左折を二度ずつ繰り返すと、あとは地下の駅まで直線だった。かつては地上にあった駅舎が地下になってから、五年が経過していた。あれから五年か、と思いながら彼は駅に入り、長い階段を地下へ下りた。昨年の彼は、あれから四年たつのか、と思った。三年目のときにはなにも思わなかった。

　地下のプラットフォームで待ち、やがて来た上りの各駅停車に彼は乗った。空いている時間だった。座席にすわってぼんやりしていると、電車は地上へ出た。電車は減速を始めていた。電車は止まり、彼はプラットフォームへ出た。階段まで歩き、それを下り、南側の改札ゲートを出た。喫茶店までの短い経路を、藤崎は歩いた。

　その喫茶店の外装は簡素なものだった。その簡素さが、店内の居心地の良さと、気持ちよく均衡していた。パンの香りが強くあり、その底に珈琲の香りもあった。女性の店主がパンのカウンターのなかにいた。この店ではパンも焼いていた。藤崎に笑顔を向けた彼女は、店の奥を指さした。君島和之がすでに来ていた。藤崎はその席へ歩き、差し向かいに椅子にすわった。

「パンの香りがする」

　と、藤崎が言った。

「厳密には、パンの店は隣だよ。おなじ経営で、店内はつながっている」

　説明する人の口調で、君島がそう言った。

「珈琲にしようか、それともパンにしようか」

「お好きなように」

　藤崎はメニューを見た。ルワンダの豆を選び、店主に注文を告げた。

「さっそく、連載の話を」

「謎は解けるか？　という題名を考えた。これでいきたい」

　藤崎の言葉に君島はうなずいた。彼がうなずくのは、その先をさらに語れ、という催促でもあった。藤崎は言葉を続けた。

「街を歩く。暇な人が。暇だからこそ、街のふとしたところに、その人は謎を見つける。謎は解けるか、という題名はそことつながってくる」

「どんな謎だい」

「たとえばドトールというチェーン店のカフェに、暇な人は入る。エスプレッソのSを飲むためだ。二百二十四円だよ。料金を支払うカウンターの背後の壁の高いところに、主力商品のカラー写真と説明が掲げてある。そこには、ミラノサンドというものがある。東京のあちこちの片隅に、片仮名が三つ。そのミラノとは、なになのか。なぜ、ミラノなのか。早くも謎がそこにある。サンドは、まあいいか。サンドイッチという日本語の略だけど、知らない人は多い。パンを三角形に切って、いろんなものを間にはさんだものが、サンドだと思っている。パリでもハワイでもなく、それはミラノ。なぜなのか。A、B、Cと三種類あって、Aが四百五十六円、Bが四百八十六円、そしてCが、おそらく期間限定で、六百五十円。差額はもっとも大きくなるときで、百九十四円だ。この百九十四円を具体的に解明出来るかどうか。謎は謎を呼ぶ」

「それでいこう。謎は解けるか。いい題名だと、僕は思う。第一回目はミラノサンドか」

「食べてみないといけない」

「そりゃそうだ」

「食べるためには注文しないといけない」

「注文して、買うんだよ」

「ひとりで、三種類を？」

「なるほど。三人いるのが、いちばんいい。A、B、Cとひとつずつ、三人で買って、三分の一ずつ食べて、まわす。三人が三種類を等しく食べたあと、品評する。編集部で手配するよ。ふたりいればいいんだろう。女性と男性」

ルワンダの豆による珈琲がテーブルに届いた。

「お待たせしました」

テーブルに置かれた珈琲に顔を近づけ、藤崎はその香りを受けとめた。

「どうだい」

「このような珈琲を飲みながら、ミラノサンドを食べてみたい」

「俺もいくよ。男は俺でいい。女性をひとり、みつくろえばいい。顔が浮かぶよ。次々に」

そう言って君島は笑った。

「予定は俺が作る。それでいいかい」

「まかせる」

「連載は一年続くとしても、十二回あるよ」

「ハムエッグ」

と、藤崎は言い、珈琲を飲んだ。

「それも謎か」

「いろんな店のメニューから消えてるだろう。

いつのまにか」

「そう言えば。正しくは、ハム・アンド・エッグスだよな」

「ロースハムの薄切り五枚に卵をふたつ」

「典型的なハムエッグだよね。どう食えばいいのか」

「ほら見ろ、もう謎だ」

「解けるのか」

「白いご飯を別に注文する。皿に平たく盛りつけたご飯。ここへハムエッグのすべてを移して載せる。手に持ったフォークを横にして、ハムと言わず卵と言わず、すべて切っていく。切られたふたつの卵から黄身が流れ出す。気にしない。どんどん切っていく。ご飯やハムにまぶすといい。流れ出た黄身を広くぜんたいにならしていく。ハム、卵、ご飯の三種類がほどよくまざったところで、テーブルに出ているウースタシャー・ソースをまんべんなくかけ、さらにかき混ぜ、フォークですくっては食べる」

「うまそうだ」

「街をいく人々は、なぜこれをやらないのか」

「ちょっとした謎だね」

「ハムエッグという料理の存在を、そもそも人々は知らないのではないか」

「謎は深まる、というやつだ。十二回分とは言わないが、六回分くらいは考えてくれ。編集会議にはかけない。俺が決定すればそれでいい」

　連載の打ち合わせはやがてよもやま話になり、それがひと区切りしたところで、

「連絡する。ミラノサンドはいっしょに食べよう」

　と、藤崎が言った。

「俺はここにいる。次の人に会う。藤崎は、このあと、どうするんだ」

「下りの各駅停車に乗って引き返し、世田谷線に乗り換え、下高井戸へ。そこでも喫茶店に入り、珈琲を飲む」

「人に会うのか」

　という質問に藤崎は首を振った。

「ひとりで。紅花という店。ずっと以前から知っている」

「締切りは？」

「明日、ひとつある。原稿は今夜だ。さほど遅くならないうちに、書き上げる予定だ」

「明日、連絡する。三人でミラノの謎に挑もう」

藤崎は鞄を持って店を出た。駅へ引き返し、プラットフォームへ上がり、下りの各駅停車に乗った。世田谷線に乗り換えるのはいつもとおなじ経路だった。プラットフォームから階段を下りて改札へ向かい、そのゲートを出て道を渡り、路地に入った。世田谷線の駅はその奥にあった。踏切を渡り、プラットフォームで待った。警報音が聞こえ始めると、二輛連結の電車が来た。藤崎はそれに乗った。終点であると同時に起点でもある下高井戸まで、駅の数はふたつだった。藤崎は吊り革につかまって立っていた。

世田谷線の終点駅を出ると、すぐ右側に踏切があった。遮断機は上がっていた。だから藤崎はその踏切を渡り、しばらく歩き、やがて左の脇道に入った。その道に面して一階に喫茶店があった。紅花だ。彼は店に入った。「いらっしゃいませ」という若い女性の声が、店の奥のカウンターから届いた。いつもの女性がカウンターのなかにいた。七分袖のシャンブレーのシャツを着て、髪をゆるやかにうしろでまとめていた。彼女を見るたびに、彼女は美人だ、と藤崎は思った。

壁ぎわのなかほど、空いている席に向けて彼は歩いた。カウンターに立てかけてあるボードを彼は見た。本日の珈琲はルワンダの中深煎りです、と手書きしてあるのを彼は見た。今日はルワンダがこれで二度目だ、と彼が思っているところへ、カウンターのなかの彼女が水の入ったグラスを持って来た。彼はルワンダを注文した。カウンターへ戻る彼女のうしろ姿を彼は見た。いつものジーンズだ、と彼は思った。

店内には三人の客がいた。三人とも女性だった。ふたりはスマートフォンの画面に気持ちを集中させていた。もうひとりは本を読んでいた。珈琲の香りがかすかに漂う店内を、見るともなく彼は見た。開店してから三十年は経過しているのではないか。部分的に何度か改装している、と彼は判断した。窓はそのままだろう。フロアも。テーブルと椅子も。個人経営の喫茶店だ。

個人らしさを残しつつ、客のためには居心地の良さが提供され、その心地よさのなかに新しさが、ほどよい加減で存在していた。

　カウンターの奥に、おそらくおなじ横幅で、壁によって仕切られた調理場があった。ついさきほど、そこに中年男性の姿が見えた。いつも店に出ている男性だ。彼が店主だろう、と藤崎は思った。カウンターのなかでいま珈琲を淹れているのが、彼の娘ではないか。居心地の良さは店内の造作と深く関係しているはずだ、と考えているところへ、彼女が珈琲を持って来た。この店へ初めて入ったのは高校三年のときだが、居心地の良さはそのときすでにあった、と藤崎は思った。

　一杯のよく出来た珈琲を楽しみ、そのあとの、なにを考えるでもなくぼんやりと過ごす小さい一時間は、快適なものだった。このあとに予定を作らなかったのは正解だ、と彼は思った。ここを出たらどうするか。世田谷線の駅へ戻り、電車に乗る。山下で小田急に乗り換えるか。終点の三軒茶屋までいくのもいい。電車に乗ってから決めよう。そこまで考えて彼は椅子を立った。

　代金を支払うためにカウンターまで歩いた。そこには店主の男性がいた。女性はいなかった。釣銭のないように彼は硬貨で代金のちょうどを支払った。確かに、と言って受け取った彼は顔を上げ、藤崎を見た。そして、気さくな口調で、

「折入って話があんのよ」

　と言った。

「僕にですか」

　と、藤崎は訊き返した。

「そう。あんたに」

「折入って、とはなにですか」

「ここではなんだから、外へいかない？」

　店の入口の前あたりで立ち話だろうか、と藤崎は思った。

「すぐそこにチェーン店があんのよ」

　あんのよ、という言いかたはこれで二度目だ、と藤崎は思った。先に立って歩く彼に続いて、藤崎も店を出た。

「なにのお話ですか」

　という藤崎の言葉に店主は振り返った。そ

して、

「椅子にすわってからにしようよ」

　と言った。

　おもての商店街へ出て踏切の方向へ歩きながら、

「おたがいに名前も知らないんだけどさあ。いまの店の経営者だからつまり店主で、津村というのよ。津村健一郎」

「僕は藤崎浩です」

「藤崎のさきは埼玉のさいではなくて」

「そうです」

「ひろしは?」

「さんずいに告です」

　踏切の手前で津村は左へ寄っていき、建物の二階を示した。そして彼が先に階段を上がった。店は混んでいた。席は空いてないか、とふたりは思った。窓ぎわにふたり用の小さなテーブルが空いていた。ふたりはその席へいき、差し向かいに椅子にすわった。

「珈琲のあとでまた珈琲だけど、お代わりだと思うなら、そう思えなくもない。いきなり連れて来られて、なにごとかと思ってるかもしれないけれど、よくあることでね」

　ふたりはブレンド・コーヒーを注文した。

「折入って話があるというのは、さっきのあの店を継いでくれないか、という話なのよ」

「この僕に」

「そう」

「いきなり」

「見込んだのよ」

　と、津村は言った。

「平日の午後に来ることが多いよね。ということは、会社勤めではない」

「フリーランスの物書きです。いろんな雑誌に文章を書くライターです」

「二十代?」

「二十八です。この七月には二十九になります」

「東京の人だよね」

「世田谷です」

「ご両親は」

「健在です」

「ひとりっ子?」

「そうです」

「あの店を継いでもらいたいのよ。継ぐにあたっては、娘をつける。さっきもカウンターで珈琲を淹れた女性。二十六歳。ひとり娘。津村美代子。ひとりっ子だけど、間違った育てかたはしてないつもりだから。会社員は大嫌いで、あんたなら嫁にいくと言ってるし、店を継いでもらったら生活に変化はほとんどないわけだし」

「ほんとに、これはいきなりのお話ですね」

と、藤崎は言った。自分の言いかたのなかに余裕があるのを、彼は感じた。あまりにもいきなりだから、そのぶん、津村と自分とのあいだに、距離が最初からあった。しかしその距離によって、津村に対する自分の反応が、冷たくなったり硬くなったりすることは、なかった。津村の顔をこれほど近くから見るのは、初めてのことだった。明らかに端整な顔立ちと気さくな喋りかたとのあいだにある落差も、距離を作り出すことに加担していた。

「こういう話はいきなりがいいんだよ」

と津村が言った。

「それに、あんたを見込んでるから。俺も娘も」

「そうですか」

「そうさ。あんたならいい、と娘は言ってる。店を継いでくれるなら、娘は店や珈琲のことはなんでも知ってるから、二人三脚でやればいい」

「お嬢さんの承諾は得てるのですね」

「もちろんさ」

「まともに口をきいたことすら、ありませんよ」

「あの店の常連じゃないか」

「珈琲を飲みに来る客のひとりです」

「父親の俺から見ても、あの娘はそんなに悪くないよ」

「素敵なかたです」

「そうか」

「はい」

「それじゃ、話は早い」

「ちょっと待ってください」

「なにを待つのよ」

「僕は二十八歳のフリーランスのライターです。ほとんどないと言われれば、そのとおりかもしれませんが、いまの僕には僕の生活があります。

いくらなんでも」

「だからどうしたと言うのよ」

「あのお店を継げと言われても、準備もなにもありません」

「娘がよく知ってるよ。心配はない」

「経済的には成り立っているのですか」

「まあ、なんとか」

「お店が出来てから何年になりますか」

「三十年。俺が初代」

「あのお店を津村さんがお作りになったのですね」

「いま俺は六十五だから、三十五歳のときだね。怖いもの知らず、と言う年齢ではなかった。怖いものが多少はあった。だから喫茶店なのさ。店名には苦労したよ。俺の奥さんといっしょに考えて、花という字があるといい、というところまでは一致したんだ。山茶花《さざんか》は駄目、紫陽花《あじさい》なんて、読めないよ。最後に残ったのは、紅花と花椿のふたつだった」

「紅花になったのですね」

「私がなんらかの店を開くとするなら、花道という名前にすると奥さんが言ってさ。その奥さんの昔からの友人の実家が調布で肉屋をやってて、その一角が惣菜の店なんだ。そこでうちの奥さんはコロッケを揚げてるよ。評判は良くて、売り上げは好調。その店が、花道、という名前なんだ」

「コロッケの花道ですね」

と藤崎は言い、ふたりは笑った。

「まさにそのとおり。看板にそう書いてある。コロッケの花道、とね」

「奥さんは忙しいのですね」

「定休日以外は朝は十時半から。しまうのは早くて、どんなに遅くなっても、六時には店を閉じている。よく売れるんだよ。名前は邦子。旧姓は畑中で」

　コロッケは街の謎ではないか、とふと藤崎は思った。おいしいと評判の、よく売れるコロッケ。それは充分に謎だ。

「どうよ」

「どうとおっしゃっても」

　完全な否定は避けたほうが賢明だ、となぜだか藤崎は思った。

「時間をください」

「娘には報告しないといけない。脈は充分にある、と言っていいね」

「ある、とおっしゃっても、微《かす》かな脈です。ほとんどＮｏに近い脈です」

「そりゃあ、わかるよ。しかし、脈は脈だ」

という意味不明の言葉に、津村は自らうなずいた。

「引き受けた、などとはおっしゃらないでください」

「娘とは口をきいてよ。いつも店にいるから」

「引き返して、挨拶だけはしておこうかな、と思ってます。お父さんから話はうかがいました、と言っておいたほうがいいような気がします」

「それは責任ある態度だね」

　なにに対しての責任だろうか、と藤崎は思った。

「折入った話というのは、以上のようなことだよ」

　ふたりともいつのまにか珈琲を飲み終えていた。空になったカップをそれぞれに見た。

「お父さんから話をうかがって、驚いてます、とつけ加えておきます。珈琲はここのよりもお嬢さんの淹れるほうが、上出来です」

「伝えておくよ」

「いきますか」

　伝票を持った津村が支払いを済ませた。ふたりは階段を下りた。

「戻る？」

　と、津村は紅花の方向に指を向けた。

「はい」

　と答えて、藤崎は歩き始めた。

「店を継いでもらいたい、という話だから。たいしたことじゃないのよ」

「ご自身はどうなさるのですか」

「まずとにかく、のんびりしたいよ。六十五なんだから」

　のんびりするとは、どのようなことなのか。藤崎は考えた。朝は熱くて渋いお茶を飲みながら、固くて小さい梅干しを口のなかで転がして、新聞を隅から隅まで読むことなのか。ひょっとしたらそうなのかもしれない、と藤崎は思った。

紅花に入ると彼女はカウンターのなかにいた。まっすぐにそこへ歩き、

「美代子さん」

と、藤崎は言った。彼女は顔を上げて藤崎を見た。

「なんでしょう」

と言った顔は笑っていた。

「僕は藤崎浩といいます。お父さんから話はうかがいました。常連客のひとりでしかない僕に、いきなりのお話で、驚いています」

きれいな笑顔を深めた美代子は、

「よろしくお願いします」

と、淀みなく言った。

「僕はなにも出来ないかもしれません」

「またいらしてください」

「そのくらいなら出来ます」

そう答えながら、藤崎はかかえていた薄いマチの黒い鞄を開き、なかにある名刺入れから一枚を抜き出し、彼女に差し出した。名前と住所、電話番号にEメールのアドレスが、大きな活字で印刷してあった。

「ありがとうございます」

と言って美代子は彼から名刺を受け取った。

藤崎は店を出た。駅に向けて歩いた。踏切の遮断機は今回も上がっていた。電車の通過を待つことなく彼は踏切を渡り、世田谷線の駅に入った。ここが起点となる二輛連結の電車はプラットフォームに停止していた。藤崎はその電車に乗り、空いていたひとりがけの席にすわり、考えた。

紅花の店主である津村健一郎の話は、とんでもないものだった。いきつけの喫茶店でいつものとおりに一杯の珈琲とその前後の時間を楽しもうとしたのだが、そうはならなかった。津村に持ちかけられたとんでもなさから、自分は一刻も早くに抜け出したい、と藤崎は思った。あの店主の話は、その場で、即座に、完全に断るべきだった。しかし、自分はそのような当然のことを、しなかった。なぜだったのか、と藤崎は考えた。

なにか理由があるはずだ。理由は自分の性格

にあるのではない。もっとほかのところだ。それは、どこなのか。電車は駅を発車した。車体の動きを座席ごしに感じた瞬間、藤崎は思いついた。なぜ完全に断らなかったのか。その理由は田辺真理子だ。次の松原という駅に接近した電車が減速を始めたとき、座席を立った彼は二輛の電車の中央にある降車ドアの前に、鞄をかかえて立っていた。電車はやがて停まり、彼はプラットフォームへ出た。駅の出入口に近いところに、いくつかの椅子をひとつにつなげたものが、配置してあった。藤崎はそこへ歩き、いちばん手前の椅子にすわり、鞄からスマートフォンを取り出して電話をかけた。呼出し音の三回目で相手が電話に出た。

「はい、田辺です」

　という女性の声に、自分より五歳は年上だ、と藤崎は感じた。田辺真理子のぜんたいに関して、いまの自分は鋭敏になっている、と彼は思った。

「藤崎です、しばらくです」

　と彼は言った。

「なにかの用なのね。どうぞ喋って」

「田辺さん」

「はい。私よ」

「いま世田谷線の松原という駅のホームからこの電話をかけてます。しばらく話をしてもいいですか」

「小一時間、平気よ」

「そんなにはかかりません。いま下高井戸の紅花という喫茶店でルワンダの豆による珈琲を飲んだのです。代々木上原で打ち合わせをしたあと、下高井戸へいったのです。珈琲はいつものとおり上出来でしたが、六十五歳の男性店主が、折入って話があると僕に言い、店の近くにあるチェーンのカフェへいったのです。あの踏切のすぐ手前の」

「コロラドでしょう」

「よくご存じですね」

「知ってるわよ」

　という田辺の返答に、藤崎はけっして浅くない安堵の気持ちを抱いた。

「そこで差し向かいになった店主が僕に言うに

は、開店して三十年になる紅花という喫茶店を、僕に継いでくれないか、という突然の話だったのです」

「けっして突然ではないのよ」

という田辺真理子の言葉を、藤崎は受けとめた。

「そうなのですか」

「あなたはきっとその店の常連なのよ」

「よく珈琲を飲みにいきます」

「何度も来るあなたを観察して、印象を積み重ね、その結果としての、折入った話なのよ。あなたを見込んだのよ。よし、これならいい、と」

「僕がですか」

「人に頼まれたことを全面的に引き受けて、きちんとやりとげそうな人に見えるから」

「そう見えるだけです」

と藤崎は言い、真理子は笑った。

「継ぐの?」

「単なる理屈としては、僕があの店を継ぐ可能性は充分にあります」

「私に譲って」

という彼女の言葉に、藤崎は自分ぜんたいに弾みがつくのを覚えた。

「そうなのです、それです」

と、彼は言った。

「本来ならその場で完璧に断るべき話ですけど、そうはしませんでした。保留にしてあります。脈はある、などと店主は言ってます。なぜ完璧に断らなかったか。その理由は田辺さんです。自分の喫茶店が欲しい、と田辺さんが言っているのを、少なくとも四回は、僕は聞いてます。この話は田辺さんにつなぐべきだ、と僕は意識の底で思ったのです。完璧に断らなかった理由は、そこにあります。下高井戸から世田谷線に乗っていて、松原に停まる寸前に、田辺さんのことを思い出しました。だからいま駅のホームから、こうして電話してるのです」

「いい電話よ」

「いまでもご自分の喫茶店が欲しいですか」

「私の夢よ。一軒の喫茶店」

「紅花は、どうですか」

「地元で三十年、というのは魅力だわ」

「いかがですか」

「あなたに代わって？」

「店主に紹介します。二十六歳の独身のお嬢さんがいらして、いつもカウンターのなかで珈琲を淹れてます。あの店のことなら、彼女がすべて知ってるそうです」

「紹介して」

「早いほうがいいですね」

「明日は？」

と、真理子が言った。

「いいですよ。これから紅花へ戻って、店主に田辺さんのことを伝えてみます。その結果はすぐに電話しますけど、明日の約束はしておきましょう。明日の、何時ですか」

「いま、この時間は？」

と言われて、藤崎は腕時計を見た。

「明日、この時間に、紅花で」

店の場所を藤崎は説明した。真理子は理解した。

「明日、この時間に、その店へいくわよ」

「僕もいってます」

「コロッケ屋さんがあるでしょう」

「南から踏切を渡ってすぐ右側に」

「おいしいのよ」

「買います」

田辺真理子への電話は終わった。

藤崎はスマートフォンを鞄に入れた。店主の話を受けとめて重くなったものを、心の荷、と表現すればいいのか、と彼は思った。かなり陳腐ではないか。陳腐さそのものだ、と思いながら椅子を立った彼は、駅の反対側のプラットフォームへまわった。

紅花にはすぐに着いた。店に入るとカウンターのなかに美代子がいた。顔を上げ、いらっしゃいませ、といつものように言い、そのまま藤崎を見ていた。歩いてくる彼を美しい笑顔で迎えた。そして、

「父なら出かけたわ。四時間は帰って来ないと思うわ」

と言った。

頷《うなず》いた藤崎は次のように言った。

「この店を継ぐ人として、僕よりはるかに適任

の人がいます。田辺真理子さんという、僕より五歳年上の同業者の女性です。独身です。友人が珈琲豆の焙煎をしていて、自分は喫茶店を持つのが夢だそうです。明日、ここへ来ます。お父さんに紹介したいのです」

「伝えておきます。明日の午後、お待ちしてればいいのね」

「僕も来ます」

「はい」

「さきほどとはシャツが違ってますね」

　美代子は花柄の長袖シャツを着ていた。袖口を肘までまくっていた。

「気づいていただけたのね」

「似合います」

「着替えておいて、よかったわ」

　なぜだか自分でもわからなかったが、藤崎は美代子に一礼した。

「では、明日」

「伝えておきます。お待ちしてます」

「よろしくお伝えください」

　藤崎は紅花を出た。おもての道に出て踏切に向けて歩き、コロッケの店の前で立ちどまった。踏切では遮断機が下りて警報が鳴っていた。田辺真理子はこの店も知っていた。おいしいのよ、と電話で言わなかったか。だから藤崎はその店でコロッケを買った。ならんで順番を待っている人たちが四人いた。もっとも標準的なものを七つ、買った。四つは母親に。両親がふたつずつ、と藤崎は考えた。自分は三つだ。まだ警報の鳴っている踏切の前に立ちながら、田辺真理子と仕事をともにしたのはいつだったか、と彼は思った。今年の二月。京都でひとり夕食、というガイド本を作る仕事で、ふたりとも文章を担当した。

　次の日の午後、約束の時間より十五分早く、藤崎は紅花へいった。美代子がカウンターのなかにいた。顔を上げて彼を見、笑顔になり、いらっしゃいませ、と言った。白い長袖のシャツを彼女は着ていた。髪のまとめかたが異なっていて、印象は違って見えた。四人用の席に藤崎はすわり、水のグラスを持ってきた美代子に、本日の珈琲、を注文した。

彼女はカウンターへ戻り、やがて彼の珈琲がテーブルへ運ばれてすぐに、津村健一郎が昨日とおなじ服装であらわれた。藤崎のいる席のかたわらに立ち、

「すわっていい？」

と、向かい側の椅子を示した。

「どうぞ」

「人を紹介してくれるんだって？」

椅子にすわりながら、津村が言った。

「僕よりはるかに適任の、三十代なかばで独身の女性です。彼女もフリーランスのライターです。友人に珈琲豆の焙煎をしてる人がいまして、自分は喫茶店を持つのが夢だそうです。ここまではすでにお嬢さんに伝えてあります」

「聞いたよ。この店を自分のものにすればいいのよ。ゆくゆくはそのあたりまで、話を広げてもらって」

「そんな可能性があるのですか」

「本命はあんたなのだけどね」

という津村の返答に藤崎は苦笑した。

「あんたより適任な女性という話に、娘は喜んでるよ。熱心なかたなら、知ってることはすべて教える、と言ってる」

と津村は言い、さらに次のように続けた。

「学校を出てから、娘はずうっとこの店だからさ。解放されてもいい時期だよ。デートしてよ。明大前でも下北沢でも」

「お誘いしてみます」

「本当に」

というようなやりとりのなかに田辺真理子があらわれた。複雑な模様のある長いスカートにシャツとジャケットという、いつもの服装に変化はなかった。装身具はいっさいないし、そしてバッグはいつもとおなじだった。端整な顔に化粧がやや入念だろうか、と藤崎は思った。真理子の体つきはごく標準的なものだが、人に安心感をあたえるゆとりのようなものが、雰囲気のあちこちにあった。

藤崎の隣の席につく以前に、真理子は津村と名刺を交換した。ふたりはそれぞれ椅子にすわった。

「この店を継いでくれないかと、彼を見込んで

話をしたのだけど、自分よりはるかに適任の人がいますから会ってくださいと言われて、ここにいるわけさ。適任の人たちふたりと差し向かいだよ」

「自分の喫茶店を持ちたいという夢は、藤崎さんにも何度か語ってきました」

　と、真理子は言った。

「だからさ。いずれはこの店を自分のものとして手に入れる、という方向まで広げた話として、受けとめて欲しいのよ」

「夢のようです」

「なにが夢なもんか」

　というのが、津村の言葉だった。

「単なる現実だよ。こういう店で働いた経験は？」

「アルバイトで数軒の喫茶店を、通算で五年ほど」

「だったら明日からでも、店はまわせるんだ」

「教えていただかないと」

「あそこにいる娘が手伝うよ。変わったところのある娘だけど、性格はまっすぐで意地悪なんかしないから、その点はご安心を」

「心強いです」

「なにから話すかなあ」

　と、津村は言った。

「要するに、地元で三十年続いた喫茶店なの。見てのとおりの造作。常連はたくさんいるよ。俺が初代で、三十年。家内は調布でコロッケの店をやってる。屋号は花道というんだ。コロッケの花道だよ」

「独身の私がいま住んでいるのは、初台です。このお店で働くことになりましたら、この地元へ引っ越します。お店まで歩けるところへ」

「部屋を探すのかい」

「そうなります」

「高校の同級生がこの地元で不動産業を営んでてさ。いまは社長の座を退いて、会長だったかな。そいつに頼むと、いい部屋がすぱっと半額になったりするんだ」

「半額ですか」

「すぱっと」

「ぜひそのかたにお願いしたいです」

「では、それは、引き受けた。このあとすぐに電話しておくから、明日のお昼過ぎには田辺さんに連絡がいく」

「ということは」

「なんだよ」

「私はこちらで働けるのですか」

　田辺の質問に津村は、

「そうさ」

　と答えた。

「最初からそのつもりだよ。彼を見込んで頼んだら、僕よりはるかに適任がいます、ということだったから、その人もすでに見込んでるわけで、これは面接ではなく、面接に合格したあとの話なのよ。店は朝の十時から夜の八時まで。田辺さんは六時まで。あとの二時間は娘の美代子が受け持つ。手取りで月にいくらになるとか、そういった細かいことは、のちほど俺が語って文書にするよ。労働契約書だね。そうは言っても、Ａ４のコピー用紙にぺらっと一枚。二枚にはなるかな。うちは会社組織だから田辺さんは社員になるのよ。だから健康保険その他、出ていくものもあるけれど、すべてはのちのちのため。いつから、という話になるよね。いい部屋を見つけて引っ越しをして、そこに落ち着きながら心の準備をするとなると、いまは五月の初めだから、六月いっぱいは必要かな」

「そうですね」

「田辺さんは七月一日から、ということにしておこう。それまでに店に出ることが出来れば、それは日割りで報酬を支払う。いまはそんなとこかな」

　と、津村は藤崎に言った。

「お客さんが多いですね。出たり入ったり。ひきもきらないです」

「忙しい時間、というものはあるんだよ。三時から六時の三時間。美代子がヘルプします。彼女は四時に店に出て、八時まで。話はして了承を得てるから。時給で払えばいいよ」

　と言って津村は笑った。

「そうだ、それから」

　と彼は言い、

「いま田辺さんがやってる仕事について。やめたりしないで、続けてください。ただし、店を放り出して取材とか、そういうことはないように。さしさわりのない範囲で、これまでの仕事は続けてください」

「田辺さんを僕から美代子さんに紹介しておきます」

と、藤崎が言った。

藤崎は椅子を立ち、彼にうながされて田辺真理子も立ち上がった。津村美代子のいるカウンターまでふたりは歩いた。

「津村さん」

と藤崎が言い、美代子はなかば笑顔を藤崎に向けた。

「こちら、田辺真理子さんです。このお店を引き受けるかたで、僕より年上の同業者です。僕よりはるかに適任です。お父さんには受け入れていただいてます」

「お話はうかがっています」

と美代子は言い、田辺と彼女は初対面の挨拶をした。

「月曜日が定休ですので、それ以外の日ならいつでもいいですから、いらして。細々としたことをみんなお教えします」

「明日、また来ていいですか」

「どうぞ」

「午後二時に」

「お待ちしてます」

「デートもしなきゃ」

藤崎と田辺のうしろに、いつのまにか津村が立っていた。藤崎は津村を振り返った。

「デートですか」

「そうだよ」

「お店の定休日は月曜ですね」

「だから月曜の午後に」

「下北沢や明大前とおっしゃってましたね」

「まず下北沢で」

藤崎は美代子に顔を向けた。美代子はうなずいていた。

「北口の花泥棒はご存じですか」

「知ってます」

「では、そこで。午後三時に」

「今度の月曜日ですね」

確認する美代子に藤崎は、

「そうです」

と言った。

「私はまた明日、お邪魔します。午後二時に」

「なんでも訊いてください。気のついたことがあったら、どんなことでも、言ってください」

田辺のうしろで津村が言った。

ふたりの珈琲代はいらない、と津村に言われて、藤崎と田辺は店を出た。おもての日大通りへ出て、踏切に向けて歩いた。

「僕は今日もコロッケを買います」

と、藤崎が言い、

「私も」

と、田辺が応じた。窓の外に客が五、六人、ならんでいた。そのうしろにふたりはついた。

「なんのコロッケを買うの？」

と、藤崎は田辺に訊かれた。

「馬鈴薯です」

「なぜ？」

「それがもっとも標準的だと思いますから」

「調布へもいかなくては」

「コロッケの花道ですから」

ふたりはそれぞれにコロッケを買った。踏切へ歩いた。遮断機が下りていた。警報が鳴るなかで多くの人たちが線路に向けて立ちどまり、待っていた。ふたりはそこに加わった。

「私は京王線の上りに乗るけれど、その前に、せっかくだからふたりで珈琲を」

「いいですね」

「ポエムは知ってるでしょう」

「知ってます」

「そこで」

警報が止まり、遮断機が上がった。待っていた人たちは踏切を渡った。踏切を越えるとすぐにある建物の二階がポエムだった。急な階段を田辺が先に上がり、ふたりは店に入った。

店の奥のテーブルにふたり分のスペースが空いていた。ふたりはそこへ歩いた。壁を背にして田辺がすわり、藤崎は彼女と差し向かいとなった。ブラジルの深煎り豆による珈琲をふたりは注文した。田辺真理子はテーブルに両肘をつき、両手を広げて顔を覆った。しばらくそうしていたあと、両手の指を離し、藤崎を笑顔で見た。きれいな人なのだ、と彼は思った。状況を受け入れ、すぐにそれを自分のものにしてしまう。包容力、という言葉を彼は思った。少しだけ違うかもしれない、と彼は思いなおした。受け入れた状況と、主張しない自分とが、ほとんどいつも均衡していた。そしてそれは安定感となって、彼女の魅力を作っていた。

「ほんとなのかしら」

と、彼女は言った。

「津村さんから話を持ちかけられたとき、その場で即座に断ることは避けよう、と僕はとっさに思ったのです。津村さんに対する礼儀として。それに、もうひとつ、なにかあったのです。それが田辺さんでした。田辺さんのことを思い出してすぐに、世田谷線の松原で降りて、田辺さんに電話したのです」

「友人が焙煎してる珈琲豆は、すでにあちこちに卸してるのよ。あの店でも豆を売ることが出来るといいわね。彼女の豆の珈琲も、ふたつはメニューに加えたいし」

「おそらくたやすく可能です」

と藤崎は答えた。ふたりの珈琲がテーブルに届いた。

受け皿に載った珈琲カップを手もとに引き寄せながら、

「どう思う?」

と、田辺真理子は言った。

「なにについてですか」

と藤沢は訊いた。

「この話のぜんたい。それに津村さん」

「津村さんは、あのとおりの人でしょう」

「あなたがあのお店の常連になって、何年ですって?」

「高校生の頃からです」

「あなたは観察されたのよ。その結果が、あなたを見込む、ということになって、昨日の話に直接につながったのよ」

「お嬢さんの美代子さんにも話をして、彼女の了解も取りつけたようですね」

「端的なところは、美代子さんはお父さんによく似てるわ。いずれにせよ、あなたは見込まれたのよ」

「初めての経験です」

「よかったわね」

「田辺さんがいるのは、ほんとにいいことです。何度も言いますけれど、僕よりはるかに適任です。ライターの仕事はどうしますか」

「どうにでもなるわよ。やがてあなたに、なんらかの仕事がまわったりもするでしょう。私が断る仕事」

と言って真理子は笑った。

「引き受けます」

ふたりは珈琲を飲んだ。カップを受け皿へ丁寧に戻しながら、

「来週の月曜日の午後三時に、あなたはデートなのよ」

「デートという言葉は津村さんが使ったのです。日常の日本語として使われ始めてから、六十年にはなります。ひょっとしたら七十年」

「そのくらいにはなるでしょうね」

「あの店のカウンターのなかにいつもいる彼女とは、これまでろくに口もきいたことがなかったのですけど」

「私ともデートして」

という田辺真理子の言葉を藤崎は受けとめた。

「来週の月曜日の午後三時に、花泥棒へ来ませんか」

藤崎はそう言い、田辺は珈琲カップに視線を伏せて、なにも言わずにいた。

「僕がこれまでどおり、常連のひとりとして紅花へいけば、それが田辺さんとのデートです」

「そんなのではなく。定休の日に」

「下北沢で」

「ええ」

「明大前でも」

「そうね」

「どちらも津村さんが言ったのです」

「コロッケは匂うわね」

と、真理子が言った。コロッケを入れた紙袋が彼女のかたわらにあった。

「私はいったん部屋へ帰るわ。京王線の上りで」

と、彼女が言った。

「僕も自宅へ帰ります」

と藤崎は言い、ふたりはしばらく無言でいた。

そして藤崎は、

「これも謎でしょうか」

と言った。

「なにが？」

「これこそ謎なのかな、という気がしてきました」

「紅花のこと？」

「昨日から今日ここまでの、一連の出来事です」

「あなたが発端なのよ」

「やはり僕ですか」

「謎だったら、どうなの？」

返事をせずにいる藤崎に、

「その謎は解けるのかしら」

と、彼女は問いを重ねた。

「さあ」

「解いてみて」

と、彼女は静かに言った。

東京を追憶する

『追憶の東京』（早川書房・二〇二〇年）という本は英語から日本語へ翻訳されたものだ。原題はThe Bells of Old Tokyo という。ここでのオールド・トーキョーとは、江戸のことだ。Bellsはお寺の鐘楼に下がっているあの大きくて重い鐘のことだが、英語ではBells としか言いようがないから、ベルの複数形であるベルズという枠のなかに収まっている。

ベルはずっと以前に片仮名書きされて日本語になった。授業開始のベル。自転車のベル。公演の始まりを告げるベル。これらのベルが使用される頻度は少なくなりつつある、と僕は判断している。ベルと言われてなんのことだかわからない人は、すでに多いのではないか。

お寺の鐘楼に下がるあの鐘には、いま書いているとおり、鐘という専用の漢字がある。僕でも知っている。そして実際にこうして使うのは、おそらくいまが初めてだ。これ以前に鐘という文字を書いた記憶もない。

著者のアンナ・シャーマンが浅草の喫茶店でアーサーという人と会う記述がある。アンナはアーサーとしか書かないので、僕もアーサーとだけ書くことにしよう。アーサーは東京に在住し「日本語を生きている」と、シャーマンは書いている。

このアーサーにアンナは、ごく短い英文を日本語に翻訳することを求める。

When one weeps, the other tastes salt.

という英文だ。乾いた場所の言葉だ、とアーサーは直感を述べる。アーサーは正しい。この英文はアラビアでことわざのように使われている言葉だそうだ。

　この浅草の喫茶店でふたりが注文した飲み物はなにだっただろうか、と僕はぼんやりと考える。待ち合わせる場所は雷門が最適だ。あの大きな提灯が下がっている下あたりで、ふたりは落ち合う。アーサーが喫茶店へ案内する。ふと脇道に入り、そこから路地へ曲がり込み、もう一度路地へ入ったところに、その喫茶店はある。甘味処の喫茶店だ。

　アーサーは豆かんだろうか。豆は赤えんどう豆だ。かんは寒天だ。これに黒蜜をかけて食べる。アンナはあんみつあるいはみつ豆だ。どちらにするのか。ふたりともところてんにする、という選択肢もある。黒蜜にするのか、それとも酢醤油か。ふたりとも酢醤油だといいかな、と僕は考える。だが実際にアンナが注文した飲み物は珈琲だった。珈琲を口にした彼女は「苦くて飲めた代物ではなかった」と書いている。「これならスターバックスに行けばよかったと心底思った。そうしたらエスプレッソが飲めたのに」と続ける。

　アーサーはこの英文を日本語にするのを嫌がったが、その彼が提示した日本語は次のようだった。

「相手が涙を流すと、その塩味がこちらのしたに伝わる」

　アーサーがこの英文を日本語にするのを嫌がった理由を僕は推測する。日本語にすると、英文のなかにある one と the other の関係が消えてしまうのを、アーサーは嫌がったのではなかったか。

　あなたが泣いたその涙、私が舐めればほんのりと、舌に残るは塩の味。

　僕が試みたこのような日本語訳を、可能な限り言葉数を少なくしていくと、あなたの涙は塩の味、とでもなるだろうか。one と the other の関係は、確かに消えている。そのかわりに、私の舌にほのかに残る塩の味、という最終的な状態が、くっきりと描き出されている。泣く人と、その涙を舐めるもうひとりの人という、対等な二者の関係よりも、私の舌にほのかに残る塩の味、という静止してもはや動くことのない状態のほうが、日本語では優先されている。アーサーが提示した日本語訳では、「相手が」と「こちら」という言いかたを工夫することによって、二者の関係はまず言葉の上で、あらわだった。

「その塩味がこちらのしたに伝わる」のは、最終的なものとして塩味がそこにある状態のことではない。たまたま舐めてみたら塩味だっただけであり、泣く行為や涙を舐める行為は、ふとした加減で、まったく別のものになる可能性を内蔵している。対等な二者の関係は絶えることのない変化を前提としている。「ほんのり残る塩の味」が最優先されると、「私」や「あなた」は、どこかに溶け込んで、いなくなる。

わしゃあカタオカじゃ

東京駅から汽車に乗った。おそらく博多までいく汽車だったろう。二日近くかかって岩国に到着した。当時の日本はアメリカと戦争をしていて、一般人の長距離の移動ないし旅行は、厳しく制限されていた。五歳の僕には僕だけを世話していればそれでいい乳母がいて、当時の日本映画の主演女優のような人だった。二十五歳くらいではなかったか。結婚に失敗して離婚し、兄と近くに住んでいた。この兄が国鉄（いまのＪＲ）に勤めていた。誰に会いどのような話をすればいいのか、すべてを兄から聞き出した彼女は、東京駅での見送りはしない、という唯一の条件と引き換えに、自分の希望を全部かなえた。だから僕たち親子は東京駅から岩国まで、急行列車でいくことが出来た。座席は僕たちのためにとってあったから、そこにすわればそれでいいのだった。

岩国駅に到着したときはすでに暗かった。いまとおなじような、十月後半の季節だった。まだ寒いわけではなかったが、夏はとっくに終わっていた。二十分以上、歩いたように思う。やがて僕たちは祖父の家に到着した。祖父は十八歳でハレイワに入植し、マウイ島のラハイナに移った。ここでは砂糖きび畑の水を管理する役を務めた。砂糖きびには一定の時間に一定の量の水を供給しないといけない。広い畑のぜんたいに水の通る水路が作ってあり、水門を開閉して水を調節する。祖父はこの水門の責任者にやがてなった。一九六〇年くらいまでなら、「ラハイナ・パンプのカタオカさん」と言えば知っている人もいた。いまでは誰も知らない。パンプとはポンプのことだ。

ハワイから帰った祖父が作った大きな家だった。アメリカ軍の爆撃を受ける東京を逃れて、僕たちはこの家に疎開した。囲炉裏のある部屋に祖父がいた。その他にふたりいたような記憶がある。僕たちは夕食がまだだった。囲炉裏ばたで夕食を食べた。東京で食べていた夕食とはまるで異なった材料と味だった。今日この瞬間から僕は瀬戸内の子どもなのだ、と僕は思った。五歳の僕が東京の坊やから瀬戸内の子どもになった経緯の、五段目だった。一段目は東京駅から汽車に乗ったこと。二段目は岩国に着いてそこから祖父の家まで歩いたこと。三段目は祖父の家に入ったこと。四段目は祖父に会ったこと。

　子どもの僕にはすることがなかった。だから祖父たちが喋るのを聞いていた。明日からはこのような言葉を喋らなくてはいけない。聞いて記憶したとおりに喋ればいいのだから、僕は聞いていた。このことをこんなふうに喋るのか、と五歳の僕は思ったのではないか。寝る時間となった。畳の部屋がいくつも奥にあり、そのなかのひとつに僕の布団が敷かれた。部屋の匂いや布団の香りが東京とはまるで異なっていた。瀬戸内の匂いだ、と僕は思っただろうか。僕はすぐに寝てしまった。

　次の日は快晴だった。朝食のあと、二時間ほどして、母親が僕に言った。

「友だちが来とるよ。偵察やね。あんたのことを知っとるんやろ。外へ出てみい。こっちを見とるやろ」

　玄関から外に出てみると、僕とおなじような年齢の男のこがひとり、一軒あいだを置いて川ばたに立ち、こちらを見ていた。祖父の家の前には道をへだてて川があった。川幅は十数メートルあった。上げ潮になると海から海水が上がって来る川だ。僕はその少年に向けて歩いた。あと数歩のところで、その少年が言った。

「お前やぁ、どこのもんじゃ」

　これに対する僕からの返答が、

「僕は昨日、東京から来ました」

などであってはいけない、ということはすでに承知していた。だから僕は、

「わしゃあカタオカじゃ」

と答えた。そして次のように続けた。

「カタオカの家は知っとろうがや。なかをみたことがあるか。ないんじゃったら見せちゃるけえ、わしのあとについてこい」

　家じゅうを僕は彼に案内した。祖父はいなかった。僕の知らないところも多く、よく知っている様子を作るのに苦労した。ひととおり終わると、なぜか母親はその少年にお茶を出した。囲炉裏のかたわらに丸いちゃぶ台があり、そこでお茶を出した。小さな最中がふたつ、お茶とは別の皿にあった。このふたつの最中を、少年は恐縮してなかなか食べなかったが、食べるとなるとあっと言うまだった。

　ここまでは覚えている。ここから先は記憶がない。このときから七十年以上の時間が経過している。経過した時間の量とは無関係だと思う。ふたつの最中があっと言うまになくなり、そこでひとつ、区切りがついたのではなかったか。

　瀬戸内の言葉を僕は初めて喋ったが、それはなんでもないことだった。人が喋るのをよく聞いて、そのとおりに僕も喋ればいいのだから。その少年は同世代の言葉を僕に教える恰好の教師になった

のだが、それでもなお、この子どもは年寄りのような口をききよる、と大人たちは言った。この子どもとは、僕のことだ。僕の周囲にいた大人たちは、三十代から四十代、せいぜい五十代だったのだが彼らからものの言いかたを覚えていた僕は、充分に年寄りだったのだろう。

珈琲の味

野村胡堂に『コーヒーの味』と言うエッセイ集がある。一九五五年、昭和三十年、東方社という、東京の文京区大塚にあった出版社から、東方新書という新書のシリーズの一冊として出版された。何年も前、おそらく古書店のカタログで見て購入したものだ。千円前後だったのではないか。出版された当時は百三十円だった。野村胡堂は銭形平次という男性を主人公にして、捕物をシリーズとして書いた人だ。東方新書の広告が奥付の次のページにある。『たばこの煙』というエッセイ集がそこに広告されている。

この時代の簡素な新書が僕はなぜか好きだ。だから購入したのではないか。題名にも惹かれるものがあった。ごく簡単な装丁ぶりは僕の好みであり、表紙に描かれている一杯の珈琲の絵も、充分に好ましいものだった。そしてそれっきり、この本のことを忘れてしまった。

いま書いているこの本に、『コーヒーの味』というエッセイ集は恰好ではないか。野村胡堂のあの新書を思い出した僕は、半日かけて実物を探し出し、いまこうして片手に持っている。題名は『コーヒーの味』なのだが、珈琲に関する文章はまったくないことを、ついさきほど発見した。エッセイの題名が二十三編、目次にあるけれど、珈琲についての話はどこにもない。目次の次のページに、『序』と題された短い文章があるので、その全文を引用してみよう。次のとおりだ。

私は煙草をのまないくせに「煙草の煙」という随筆集を書いた。コーヒーをたしなまない私は

「コーヒーの味」という随筆集を書いたところで少しの不思議はない、コーヒーというのはさぞうまいものに違いないと思うからである、田舎者らしい考え方である。昨夜も現に西洋料理を食べさせられ、食後に一杯のコーヒーを出されたが、私は私の流儀で、砂糖を入れずに、ホロ苦いのをガブ〱と呷り、一とかど西洋らしい心持になつたものである、どこのコーヒーやら私には一向にわからないが、之を噛みしめて一とかどの事を言えるようになれば、世の中はさぞ楽しかろうと思うだけである。私は全くの緑茶党で、遂にコーヒーの味も知らないが、せめて私の随筆集にだけでも、「コーヒーの味」と附けたい心持である。

野村胡堂

　珈琲についてなにも出てはこないエッセイ集に、『おいしい珈琲の淹れかた』と題名をつけるようなものだろうか。いま書いているこのエッセイ集では、どの話も、なんらかのかたちで、珈琲と関連している。さて、なにを書こうか。まずい珈琲の話はどうか。一九六七年くらいの、神保町のことだ。そのころの僕は東京の神保町を本拠地のようにしていた。神保町には何でもあった。モーニング・サーヴィスから旅館の最後の風呂まで、必要なものはすべて神保町でそろった。僕は神保町に住んでいるのとおなじような生活をしていた。

　いまから五十年、六十年前の神保町の、まずい珈琲を飲んだひとりの人のことを、僕はいまでも覚えている。その人は僕よりいくつか年長で、たまに電話してくると、会いましょう、と言っていた。その電話のときにも、会いましょう、と彼は言っていた。僕は彼と会うことにした。場所は神保町だった。彼と神保町で会うのは、このときが最初だった。

二十七歳の僕が待ち合わせの喫茶店へいくと、そのすぐあとから彼があらわれた。「平日の午後、神保町の昼さがり、そして今日は暑いね」と彼が言った。その日は晴れていたが、まだ梅雨だった。梅雨のあいまの見本のような日だった。僕たちの珈琲がテーブルに届いた。彼がそれを飲んだ。

「まずい！」と彼は叫ぶように言った。まわりは空席で、彼のその言葉を聞く人はいなかった。

「これは、まずいよ。よくこんなものが飲めるねえ」と彼は言ったが、僕にとってはいつもの珈琲だった。珈琲の味や香りで選んだ店ではない。珈琲は入場料のようなものだ。珈琲を一杯注文すれば、小一時間その席にすわっていることが出来た。だからと言っていいかと思うが、この珈琲を温かいうちに飲んだことが、僕にはなかった。冷えると、飲めるのだ。その日もそうだった。充分に冷えてから、僕はその珈琲を飲んだ。

「きみのそのネクタイはどこで買ったの？」

と彼が言った。相手が身につけているものをなにか見つけてそれを話題にし、やがて自分につなげて自慢する。彼の会話はいつもそのとおりに進行した。

「これは日本橋高島屋でした。一階にたくさんあります。値段の安いものから見ていくと、かならずやなにか見つかります」

「日本橋まで出ればね」

「神田まで歩いて地下鉄に乗れば、三越前です」

「その次が日本橋か」

「高島屋ですね。丸善もあります」

「丸善か。あとで寄ってみよう」

「このタイは高島屋で買いました」

「地味すぎないか」

「買うときに女性の店員がおなじことを言ってました」

というような会話を続けていると、やがて彼の自慢話につながった。

「いま僕が締めているこのネクタイは、女性からのプレゼントだった。突然の、まったく予期していなかったプレゼントだった。いいものだね。自分の好みではないので、どうかと思ったのだけど、合うんだよ、これが。なかなかだろう」

僕はそのタイを褒めた。

「自分の好みなんて、当てにならないね。ネクタイをプレゼントされるのは、悪くないね。自分の好みではないから。意外に合うんだよ。しかも自分の好みとは、かなりはずれたところで」

「自分が広がる気がするでしょう」

「きみも誰かにプレゼントされるといいよ」

僕たちの話はやがて終わった。僕たちは店を出た。

「丸善にいってみようと思っている」

「地下鉄に乗りますか」

「そうしたい」

地下鉄の入口までいき、そこで彼と別れた。冷えた珈琲のことを僕は思った。いまの店では半分近く残したではないか。

日本が国際コーヒー協定に参加したのは一九六四年だった。当時の日本は、珈琲市場として新たに登場した国、という認識をされていたという。その日本へ輸出する珈琲豆は、生産国に割り当てられていた輸出枠の外のこと、とされていた。珈琲の生産国は良い豆を輸出枠に振り向け、日本への輸出には、その枠に入らない、等級の低い豆が、割り当てられることになった。いちばんまずい珈琲が当時の日本に入っていた。

このいちばんまずい珈琲豆を、当時の喫茶店はどのように淹れていたのか。生豆をそのまま釜に入れて煮出した、という説がある。焙煎の手間を省くため、等級のいちばん低い豆が、焙煎された状態で売りさばかれた、とする説もある。この焙煎された豆を、じかに釜へ入れて煮出したか、あるいは木綿の布に包んだ、木綿の袋に入れた、というような話はみな、当時の喫茶店で僕が日常的に飲んでいた珈琲と、つながっている。

野村胡堂のエッセイ集『コーヒーの味』をいま僕は手に取っている。表紙を観察するためだ。ややオレンジ色をおびた黄色が、表紙の下へ向からにしたがって濃くなっている。薄い色から濃い色へと変化する中間あたりに、受け皿に載った珈琲カップがひとつ、描いてある。かなりデフォルメされているが、青い模様のある受け皿とそのカップだということはよくわかる。珈琲をどうぞ、といまこれを出されたら、僕は喜んで飲む。この表紙が描かれたのが一九五五年だとするなら、その年齢の僕はこの珈琲を飲まなかっただろう。こういう珈琲を当時の僕に出す人はいなかったのではないか。

一九五五年に紙のフィルターがあったかどうか。もしあったなら、そのフィルターを支えたのは、開いた扇形の陶器のホルダーだったろう。温度のことを僕は思った。この温度で出そうと決めてこの温度になったのではなく、沸騰した湯で手順を追っていくと、最後はこの温度になったのだろう。砂糖もクリームも入ってはいない。ブラックのままだ。濃いのではないか。紙のフィルターに入れた粉は二十五グラムくらいだろう。一九五五年の日本にあり得た、おそらく最高の珈琲ではないか。

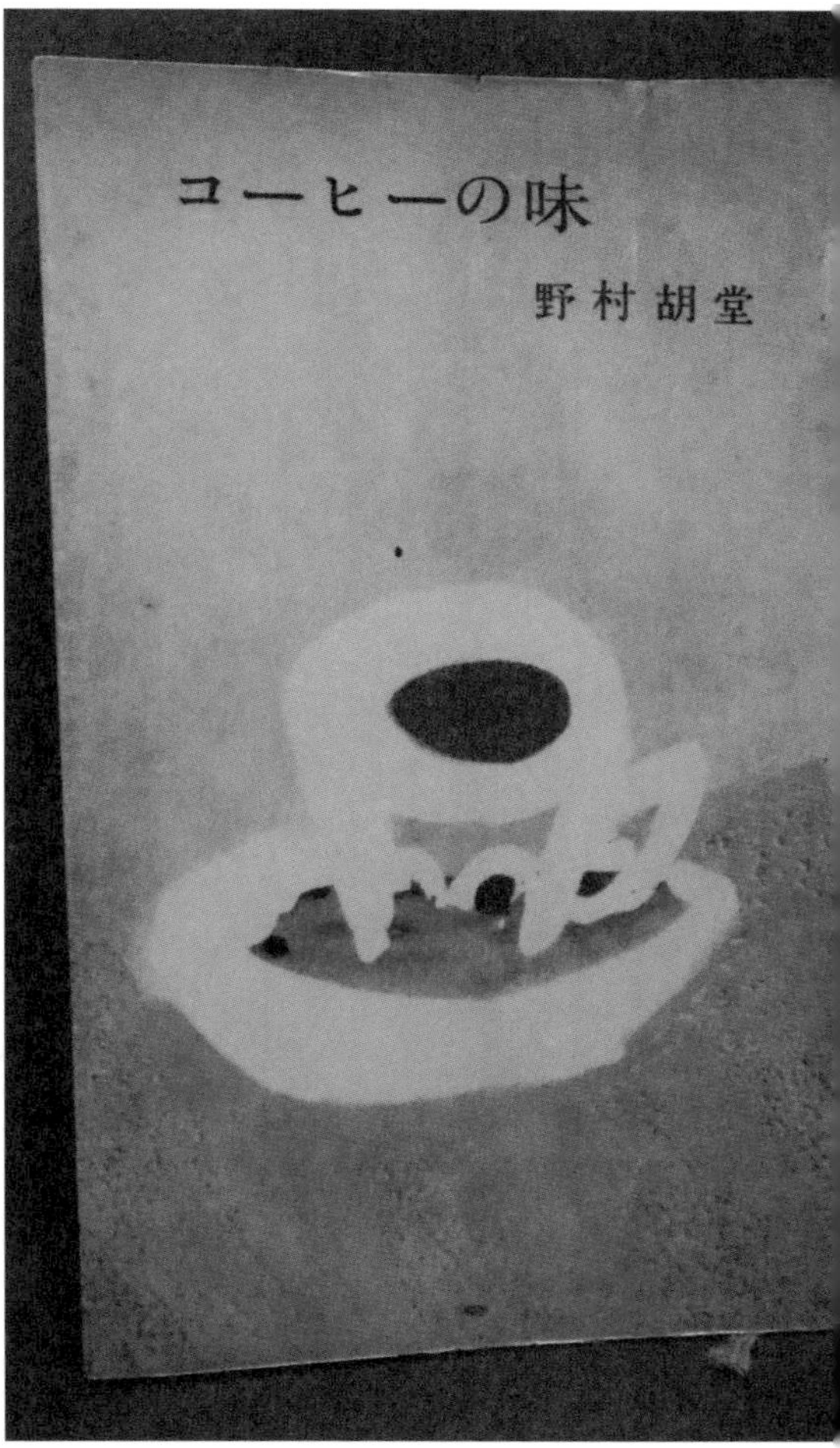

片仮名の「コーヒー」は間が抜けている、と僕は思う。当て字とは言え、「珈琲」と漢字ふたつのほうが、まだましだ。

作家と珈琲

二〇二二年の一月に『作家と珈琲』と題した本が平凡社から刊行された。平凡社からは何年も前に『作家の珈琲』という本が刊行されている。「の」の次は「と」だ。たくさんの作家が珈琲をめぐって短文を寄せている。僕の名がある。シーボルト。夏目漱石。永井荷風。これらの名前とならんで、片岡義男がある。目次には「タヒチ・パペーテの、インスタント・コーヒー」とある。パペーテの町はずれで思いがけず飲むことになった、あのインスタント・コーヒーについて、僕は書いた。

『たばこ屋の娘』という松本正彦短編集という漫画に、「砂糖を入れればおいしくなるよ」という台詞がある。砂糖を入れるのは、インスタント・コーヒーだ。外に階段のある二階建てのアパートの部屋で、ねえ、寄ってく、と言われた男性が、部屋のなかですわってこう言っている。

一九七三年頃、マウイ島のラハイナに、イーサ・オア・ブックストアという書店があった。カリフォルニアにも店があった。確かそこでもなにかの本をひとかかえは買ったはずだ。ラハイナの店ではリチャード・ブローティガンの作品を、店にあるだけ買った。

そのなかの一冊、Revenge of the Lawn は、いろんな雑誌に書いた短いストーリーで構成されている。一冊の分量になるだけの短編を集めたのだ。一九六二年から一九七〇年までのものだそうだ。このなかに、COFFEE という四ページの作品がある。この珈琲がじつはインスタントなのだ。ある日の夜、「私」はかつて親しく、いまはもうそうではない女性を訪ねる。用事はなにもない。一杯の珈琲でも飲めれば、という程度だ。彼女は部屋にいる。インスタントで珈琲を作ってくれる。もうひとり、「私」は女性を訪ねる。かつては親しくいまはそうではない女性だ。彼女も部屋にいる。明日早いのでもう寝なきゃいけないの、台所にインスタントの瓶があるから勝手に飲んでいって、というひと言を残して寝室に入ってしまう。

1962年から1970年にかけて
ブローティガンが書いた物語、だそうだ。
表題になっている物語が、この短編集のなかにある。

あの緑色が呼んでいる

植草甚一さんの自宅には、両方の合計で十回くらい、いっている。両方の合計とは、この場合、木造平屋建ての一軒家と、当時は小田急アパートと呼ばれていた集合住宅の部屋、という意味だ。木造の平屋建てはもうとっくにない。いまは小田急線上りの敷地のなか、あるいは、そのすぐ外ではないか。廊下に上がると穴があいていた。そこには穴がありますから、と植草さんは常に注意してくれた。

小田急アパートもない。五階だったかなあ。エレヴェーターで上がり、吹きさらしの通路を歩いて、植草さんのいる部屋のドアの前に立ったのだった。月刊文芸誌『野性時代』の新人文学賞を僕が受賞したとき、その知らせは『ワンダーランド』の編集部にも届いていた。なにかの用でその編集部に立ち寄った僕に、

「あの賞は八百長だ、と植草さんが言ってるよ」

と、編集部にいた人が僕に言った。

それから二、三日後に、小田急アパートの植草さんの部屋を、僕は訪ねた。なにか用事があったのだろう。植草さんは部屋にいた。

「受賞、おめでとう」

と植草さんは言った。八百長の話を思い出した僕は、

「あれは八百長ですから」

と言ってみた。僕たちはふたりとも立って向き合っていた。僕とのあいだのちょうど中間あたりに視線を落とした植草さんは、じつにうれしそうな笑顔になった。ほんのしばらくそのままでいた植草さんは、毅然と顔を上げ、真面目な表情となり、

「いえ、実力です」

と答えた。

この部屋の電話機が簞笥《たんす》の上に置かれていたことがあった。伸び上がった植草さんが届くか届かないか、という高さだった。なにかの上の高いところに、ラジオや電話機を置く人が、かつていた。電話機には、受話器と呼ばれた手に持って耳に当てると同時に、送話口が口の先に来るという、妙な形状のものを伴っていた。これが電話機の本体に、電気的な接点を介して乗っかっていた。この受話器を横から見た様子が図案となって、いまの携帯電話の「電話」のボタンに使われている。なぜこういうかたちなのか、わからない人がたくさんいるのではないか。

僕が部屋にいるとき、この簞笥の上の電話機の、呼び出し音が鳴り始めた。植草さんは簞笥の上を見上げた。呼び出し音は鳴り続けた。植草さんは、ぴょん、と飛び上がり、受話器を右手につかんで着地した。そして受話器を耳に当て、おもむろに、

「はい、植草です」

と言った。

僕としては植草さんの電話を聞いているほかなく、したがって僕は、聞いていた。最初に「はい」と植草さんは言った。一分ほどしてからもう一度、「はい」と言った。この「はい」が七度、

続いた。間隔は一分だから、八分ほどのあいだ、植草さんは、「はい」とだけ言った。依頼したい原稿の内容を電話の相手は説明しているのだ、という程度なら僕にもわかった。

わかったままになおも聞いていると、八度目の「はい」はなく、そのかわりに、「嫌です」と、植草さんは言った。この「嫌です」のひと言のあと、「はい」が二度、続いた。そして、「嫌と言ったら嫌です」と、植草さんは言った。その次の言葉は、「どなたか代わりのかたを」というものだった。そして最後にひとつ、「はい」と言い、その電話は終わった。ある日の午後、どこかの誰かが、原稿を依頼するため、植草さんのところに電話をかけた。植草さんはその依頼を断った。

一枚の写真を僕は思い出している。小田急アパートのこの部屋で撮った写真だ。座り机に植草さんはなんとなく向き合っていた。ごく平凡な座り机だ。資料が山積み、というようなことはなく、書きかけの原稿用紙、鉛筆が二、三本、飲み終えた珈琲カップ、などがあるだけだ。座椅子があったけれど、植草さんは頓着していない。座椅子は所在なく横を向いていた。座布団が一枚あった。この座布団にも植草さんは興味を示していない。座椅子に敷くはずのその座布団は、座椅子とおなじく、なかば打ち捨てられて、畳の上にあった。この座布団になかば敷かれるようにして、『ワンダーランド』の第二号が一冊、見えていた。『ワンダーランド』第二号の写真として、これに勝るものを僕は知らない。

この写真のなかに、ＭＪＢの珈琲缶がひとつ、畳の上にあったような気がする。確かに、それはあった。あったのだ、と僕は思う。座り机の上ではなく、その近くの畳の上に。マックス・ジョゼフ・ブランデンスタイン。３４０グラム。ベーシック・ブレンド。創業一八八一年。ヴァキュア

この色彩にMJBの緑色はよく似合うと僕は思うのだが。

植草カラー、と呼んでいるMJBのベーシック・ブレンド340グラムの缶は写真の右にあるほうだ。 この緑色とプラスティックの蓋の黄色が植草カラーなのだ。

ム・パックド。

　あの緑色の缶が記憶のなかで僕を呼ぶ。ヴェトナムとブラジルの豆を粗挽きにした粉が９０７グラム入っている大きな缶ではなく、３４０グラムの小さなほうだ。蓋はすでにプラスティックで、色は黄色だった。大きなほうの缶のまんなかに、ARMY GREENと明確に印刷してある。この場合のARMYとはアメリカ陸軍のことだろう。この緑色は陸軍の色だそうだ。この緑色を自分たちの色にしようと、アメリカ陸軍は正式に決定したのだろうか。

　ＭＪＢのあの緑色が、植草さんやその周辺にある物と調和しているかと問われたなら、答えはＮＯかも知れない。調和するよりも、違和のほうが強いのではないか。それでもなお、ＭＪＢの緑色の缶を、植草さんのそばに置きたい。あの緑色が、植草さんをも呼んでいる。

一九五四年、メンフィス

この映画Walk the Line（二〇〇五年）でいちばんいいのは、一九五四年に家族とともにメンフィスに住んだジョニー・キャッシュが、セールスマンになろうとする一連の描写だ。一九三二年にアーカンソー州のキングスランドというところに生まれた彼は、七人兄弟の四人目だったという。おなじアーカンソーのダイエスに移り、河の氾濫による洪水を二度、体験している。Five Feet High And Rising（水位五フィートを超えてなおも上昇中）という自作の歌はこのときの体験から生まれたという。一九五〇年には空軍に入り、一九五四年にはメンフィスに住んでいた。この年にキャッシュは結婚し、翌年には長女が生まれている。

「俺は本当にセールスマンになりたいんだ」

という台詞を劇中に聞くことが出来る。いまその画面を見る者としては、画面は戯画のように見える。予約なしでいきなり訪れる家で、軒なみひどく断られる様子は、たしかに戯画にも見えるが、製作者たちは本気だったようだ。どの家でも断られたセールスマンのキャッシュは、この場面の無理のない延長として、サン・レコードの裏口を通りかかる。裏口のドアには透明なガラスがはまっていた。足をとめたキャッシュはなかをのぞいてみる。サン・レコードは狭い。裏口からスタジオが見える。歌っている青年はその髪型からエルヴィス・プレスリーだと推測出来る。だとするとストリング・ベースはビル・ブラックで、電気ギターはスコティ・ムーアだ。サン・レコードの社長でプロデューサーだったサム・フィリップスが出かけて留守のあいだ、彼らはスタジオのなかで、いろんな歌を歌ってみる。初めてのシングル盤を録音しなければいけない、という設定だろうか。

外出していたサム・フィリップスが帰ってくる。つかまえて説き伏せたキャッシュはオーディションの約束をとりつける。次の場面はそのオーディションだ。キャッシュはテネシー・トゥというバッキング・グループをしたがえている。ルーサー・パーキンスとマーシャル・グラントだ。このテネシー・トゥは、最初はスティール・ギターを加えたテネシー・スリーだった。一九六〇年にはドラムスのW. S. ホランドが加わって、再びテネシー・スリーとなった。

かつてジョニー・キャッシュがこのテネシー・トゥを率いてオレゴン州のポートランドにあるDivision Street Corralでコンサートを開いた。おそらくはまだ五〇年代のことだろう。そのときの告知用ポスターを、そのまま縮小してプリントしたマグがなぜか僕の手元にある。そのことはすでに書いた。四十八ページを見てほしい。ポスターにはJOHNNY CASHと赤い文字で大書きしてあり、その下には小さく黒い文字でand his TENNESSEE TWOとクレディットされ、dance! show! と煽り文句があしらわれている。コンサートの日付はSAT. JUNE 27だ。彼のモノクロ写真も添えられている。このポスターをそのままプリントしたマグが、二〇二一年に存在していることにも軽い驚きを覚えるが、このマグで僕はどんな珈琲を飲めば正解なのだろうか。すっかり煮詰められてしまった味の珈琲がしっくりくるような気もする。

オーディションでキャッシュたちは古いゴスペルを歌う。フィリップスはその演奏と歌を途中で止めさせる。

「聞き飽きた歌だよ。それに演奏と歌いぶりは、まるで型にはまっている」

と、批評する。

「空軍にいたときに作った歌ですが」

と言ってキャッシュは、Folsom Prison Blues を歌う。フィリップスはこれが気にいる。冷たい無関心から熱い賛同へと、一瞬のうちに表情の切り替わる俳優でないと、この役はこなせない。シングル盤の話をキャッシュはきめる。Hey, Porter と Cry! Cry! Cry! の二曲によるデビュー盤だ。一九五五年の五月のことだった。その録音を終えたキャッシュが自宅へ帰り、妻に次のように言う。

「レコードになるんだよ。スタジオで何度も歌わせられたよ」

この妻とキャッシュは、一九六六年に離婚している。

舞台で歌うエルヴィスの歌が聴けるし、その姿もごく短いあいだ、画面にあらわれる。エルヴィスの歌をWalk the Lineのなかで歌っているこの歌手は誰だろう、と僕は思った。この映画のサウンド・トラックのCDを購入すれば、この歌手のこの歌はかならず収録されているはずだ、と僕は判断した。オリジナル・モーションピクチャ・サウンドトラックというCDを僕は手に入れた。That's All Right と Milk Cow Blues の二曲が収録してあった。歌手の名前はタイラー・ヒルトンといい、歌のほかにアクースティック・ギターでもクレディットされていた。彼の歌は素晴らしい。名前がわかり、二曲が手に入っただけだが、それで充分だ。

子どもの頃のジョニー・キャッシュが画面のなかで再現されている。夜遅く、ナッシュヴィルからのラジオを、子どものキャッシュは聴く。カントリー・ソングの番組だ。

「うるさい！　ラジオを消して早く寝ろ！」

タイラー・ヒルトンという名前を知るだけのために、僕はこのCDを買った。

と、画面外から父親が怒鳴る。

「ジューン・カーターだよ」

と、子どものキャッシュは、かたわらの兄に言う。

ジョニー・キャッシュがジューン・カーターと最初に出会うのは、彼がカントリー歌手としてスターになってからだ。巡業している町の食堂でふたりは会う。この場面が再現されている。そして一九六八年、オンタリオ州ロンドンの舞台で聴衆の前に出た彼は、ジューン・カーターを楽屋から舞台に呼び出し、聴衆の前で彼女に求婚する。彼女は承諾する。彼は承諾を得る。そしてふたりで、Jacksonという曲を歌う。この一連の場面も、映画のなかに再現してある。ジューンを愛している、とジョニーは言う。自分を作っていく日々のなかでジューンという女性が必要だった、ということだろうか。

ジューン・カーターを、リース・ウィザースプーンという俳優が演じている。彼女は見事だ。ジョニー・キャッシュを演じるホアキン・フィーニックスとともに、彼女はすべての歌を自前で歌っている。

このジューン・カーターだが、巡業先の田舎町をひとりで歩くうしろ姿の写真が、サウンド・トラック盤のブックレットにある。おそらく劇中に、おなじ場面があるのだろう。ジョニー・キャッ

再現された過去、というもの。ジューン・カーターを再現しているのは、リース・ウィザースプーンという俳優だ。

シュはテネシー・スリーおよびジェリー・リー・ルイスやジューン・カーターと巡業し、この田舎町での公演は土曜日と日曜日の午後、二時と八時だったという。写真に写っている劇場の看板で確認できる。

この写真は素晴らしい、と僕は言う。左側の車道をひとりで歩くうしろ姿のジューン・カーターが画面のいちばん手前にある。劇場はその彼女の左側で歩道に面している。劇場の前にはまだ若いと言っていい女性がひとりだけいて、彼女もこちらに背中を向けている。彼女の服とその着かたに、この映画のこの場面の、遠く過ぎ去った時代の再現力を見ることが出来る。

この画面のなかに十五台の自動車がある。あちこちで買い集めては、内外ともに最高の状態に保たれた自動車を、そのことを専門にする業者から借りたものだ。十五台の自動車の状態が一様に揃っている様子は、この映画のために再現された過去、というものと良く調和している。

アメリカにおけるギターの弾きかたのひとつに、カーター・ファミリー・ピッキングと呼ばれているものがある。弾きかたとは、音の出しかただ。ジューン・カーターがオート・ハープを胸にかかえて演奏する場面がある。このオート・ハープの弾きかたをそのままギターに置き換えると、カーター・ファミリー・ピッキングにならざるを得ない。低い弦を親指と人差し指で弾き、他の弦は他の指で外側に向けて弾くように鳴らす。その鳴りかたがじつは問題なのだろう。そのときその場にいた全員の音にならなくてはいけない。

I Walk the Lineは一九五六年の四月にサン・レコードで録音された。この映画の題名となったときには、Walk the Lineへと変更された。I Walk the Lineだと、すべてはIというひとりの問題だが、これをWalk the Lineへと変更すると、いっきに最大多数の人たちの問題となる。

そのときそこにあったいろんな紙に、歌詞や歌詞の断片としての思いつきなどを、ジョニー・キャッシュは、おなじくそのときそこにあったボールペンや鉛筆などで、書いていたようだ。映画Walk the Lineのなかにも、アメリカ空軍の兵士だった頃の彼が、ノートブックになにか言葉を書いている描写があった。サン・レコードでサム・フィリップスによるオーディションを受けたときにも、

「空軍にいたときに作った歌ですが」

と言って、Folsom Prison Bluesを歌った場面があったと僕は先に書いた。

二〇〇三年にキャッシュが他界したとき、そのような紙きれがあちこちに遺品として残された。その紙をキュレイターのような役を果たした人が整理した。曲をつけようよ。いろんな人に頼もう。ゆかりのある人。共感のある人。歌に歌われ演奏されると、人々の心に触れる。読まれてなんぼの詩なのだから、これは基本的に正しいことだよ。Forever WordsのCDはこのように発想されたのだろう。二〇一八年の作品だ。

ケースの裏には、「ここにあるすべての歌はジョニー・キャッシュの言葉や歌詞から示唆されて生まれたものだ」という文章の下に、ありあわせの紙に鉛筆でなにかを書いている彼の白黒写真が一点ある。書いているものがなにだか、わからない。自分に向けられた写真機のために、このようにポーズをとっただけだったかもしれない。彼の顔つきや表情は面白い。よくこの写真をここに載せたものだ、と僕は思う。いっそのことケースのおもてにこの写真を載せれば良かったのに。

ジョニー・キャッシュをいろんな角度からヴィディオ・カメラその他で撮ってつなげたノン・フィクションのなかで、確か弟のひとりだったと思うが、彼はいつ見ても詩を書いていた、という発言があった。この場合の詩とは、自分で作った旋律に添わせる言葉、つまり歌詞のことだ。

Forever WordsのＣＤから、題名だけを頼りに三曲、僕は選んでみた。そしてその三曲を順番に聴いてみた。John MellencampのThem Double BluesとT Bone BurnettのJellico Coal Manはどちらも、どこでどのようにジョニー・キャッシュらしさを出すか、の腕くらべのような出来ばえだ。ふたりはそれぞれにうまい。Chinky Pin HillはI'm With Herという女性三人のグループによるものだ。出来ていない歌詞に曲をつけなくてはいけないのだから、いつもの自分たちの音楽をやるほかない。三人はそのようにしている。

一九五四年、代田五丁目、銭湯

寺田寅彦は物理学者だった。彼は随筆家、そして俳人でもあり、彼の随筆を集めたものとしては、岩波書店から刊行されている『寺田寅彦全集』がある。『天災と日本人』『銀座アルプス』『科学歳時記』の三冊は角川ソフィア文庫で読むことが出来る。

彼の生年は一八七八年だ。江戸が東京になり、慶応が明治へと改元されたのが一八六八年だから、寺田寅彦が生まれたのは、それからちょうど十年後だ。その彼が八、九歳の頃、医師の勧めで牛乳を初めて飲んだという。生年にたとえば八を加えると一八八六年になる。明治十九年だ。その頃の日本がどんなだったか、僕はまるで知らない。

『銀座アルプス』のなかに「珈琲哲学序説」という文章が収録されている。一九三三年、昭和八年に『経済往来』という雑誌に発表されたものだ。角川ソフィア文庫では九ページに満たないほど短い。この文章の冒頭で初めてコーヒー牛乳を飲んだときのことを、彼は書いている。

寺田さんによると、「当時まだ牛乳は少くとも大衆一般の嗜好品でもなく、常用栄養品でもなく、主として病弱な人間の薬用品であったように見える」という。牛乳はまだ日常のなかに位置を得ていなかったのだ。この牛乳を医師の勧めで、子どもの寺田さんは飲むことになった。「粉にした珈琲を晒《さらし》木綿《もめん》の小嚢《こぶくろ》にほんのひと抓《つま》みちょっぴり入れたのを熱い牛乳のなかに浸して、漢方の風邪薬のように振出し絞り出すのである」

粉にした珈琲、というものがいまもあるだろうか。あるなら買いたい。これをひとつまみ、直接に牛乳のなかに入れるのではなく、さらし木綿の小さい袋に入れたのを、熱い牛乳にひたしている。コーヒー牛乳だ。これを初めて飲んだときのことを、寺田さんは次のように書いている。

「田舎育ちの少年の私を心酔させてしまった。すべてのエキゾティックなものに憧憬をもっていた子供心に、この南洋的西洋的な香気は未知の極楽郷から遠洋を渡ってきた一脈の薫風のように感ぜられたもののようである」

子どもの寺田さんは、珈琲の味と香りをつけたこの飲み物をいたく気に入ったようだ。

僕が初めて珈琲牛乳を飲んだのは一九五四年の夏の初めのことだった。中学の二年生だった。自宅に風呂はあったのだが、なぜか銭湯が好きな僕は、一日の遊びの総仕上げとして、世田谷区代田五丁目の銭湯によくいった。よくいったと書くけれど、一九五四年の四月の終わりから、おなじ年の九月の初めまでの四か月ほどだ。自宅は代田一丁目にあり、その銭湯まで歩いて七、八分の距離だった。午後四時過ぎにはその銭湯の客になった。

銭湯は広く、さまざまに遊べた。いつも数名の友人たちといっしょだった。地元の年配の常連客に叱られないように気をつけながら、それでも充分に遊んで、脱衣所へ出てきた。そこには体重を量る大きな量りがあった。そのかたわらに小さな冷蔵庫があることに、僕は気づいた。ふとドアを開けてみると、牛乳やジュースなどといっしょに、珈琲牛乳があった。初めての珈琲牛乳を僕は手にとってみた。ガラスの瓶に紙製の蓋がしてあった。ガラス瓶の曲面には、コーヒー牛乳、と印刷した紙が貼ってあった。

珈琲と牛乳との取り合わせが奇妙だった。珈琲と牛乳とが結びつくのか、と僕は思った。そのまま冷蔵庫のなかに戻そうとした僕が見たのは、千枚通しを短くしたような簡単な道具が、冷蔵庫のどこかと紐で結んである様子だった。ガラス瓶の紙蓋にこれを突き刺してごく軽く上に向ければ、紙蓋は開けることが出来た。紙蓋を番台にいる女性のところへ持っていくと、銭湯を出るときに代金を支払う、というシステムだったと記憶している。

　珈琲牛乳との遭遇は突然だった。銭湯の脱衣所という日常の片隅で、そのような突然は可能だった。ガラス瓶の紙蓋を番台へ持っていき、僕は珈琲牛乳を飲んだ。うまいのだ。牛乳に珈琲の香りの重なりかたはたいそうよろしく、砂糖による程よい甘さがぜんたいをまとめていた。夢中で半分ほど飲み、残りの半分を味わって飲んだ。珈琲牛乳を僕は三十本は飲んだろうか。その年の夏の終わりとともに、一九五四年の銭湯の季節も終わった。

　次に僕が珈琲牛乳を飲んだのは、一九六九年の夏遅く、千葉県の市川だった。ここの銭湯で珈琲牛乳を三本は飲んだ。代田五丁目の銭湯の場合とおなじく、湯上がり、という体の状態は、珈琲牛乳との親和性をことのほか良くしたようだ。

　ほんのちょっと調べたら、千葉、埼玉、そして東京で少なくとも一軒ずつ、珈琲牛乳を作っている会社を見つけた。どれも１８０ミリ・リットルでガラス瓶に入っている。瓶はかつてのガラス瓶に似ているかあるいは、似ていないか。瓶の丈が低い１００ミリ・リットルのヨーグルトでは紙蓋が健在で、紙蓋が健在ならあの蓋開け針も健在だということが、ついでにわかった。

　紙蓋が消えると、あの針を使って紙蓋を開けた一連の動作も、消えてしまう。紙の蓋を見て、この針をどう使えばいいのか、まるでわからない人が、すでにたくさんいるはずだ。紙蓋の中央に、コーヒー牛乳、とても印刷してあったなら、その印刷を、自分の体と向き合って平行にするための慣れた手つきを無意識に作動させた人たちが、かつては数多くいたはずだ。

　小田急線の世田谷代田駅を深い地下から地上の西へ出ると、目の前にある通りは、ここを中心にして、かつては商店街だった。店舗がたくさんあり、何人もの人がいつも歩いていた。この道は、世田谷代田駅を背にして下り坂になり、環七から入って来る道と交差する。この交差する地点のすぐ右に、踏切があった。梅ヶ丘駅を出た小田急線の上りは、世田谷代田、下北沢、東北沢の三つの駅が、かつては地上だった。いまは三つとも地下だ。現在の電車は地下を走っている。環七の下をくぐるからには、世田谷代田駅のプラットフォームは、たいへん深いところにある。

　踏切の跡地が、踏切の面影を失いつつある。ここが踏切だったとは知らないままに、人々は歩いている。さきほど書いた銭湯へいくためには、世田谷代田駅のほうからいくなら、かならずあの踏切を渡らなければならなかった。いまは僕もこの踏切のあとを歩かない。世田谷代田駅を地上に出るとすぐに右へいく。駅前のロータリーとして整備されつつある土地の北側を歩き、コンビニの角を道路に出る。環七から入ってくる道路だ。かつて僕がよくいった銭湯とおなじ方向へ歩くと、道の右側、すぐのところに、グラウベルコーヒーがある。

　グラウベルコーヒーは珈琲の店だ。狩野さんと藤原さんのふたりの女性が店にいる。金曜日と土曜日に営業していて、午後五時までだ。ひと頃は店の席で珈琲を飲むことが出来た。いまは席を減らして、カウンターの二席だけだ。店の外のベンチでも飲める。狩野さんが生豆を焙煎したものを店で販売している。何種類かある。僕の好みは「ブレンド代田」だ。それから「エチオピア」だ。

店で販売している焙煎豆を全種類飲んでみたいのだが、まだその思いは果たせていない。僕が珈琲牛乳を初めて飲んだ銭湯の、奥あるいは手前いずれにせよ、二、三軒しか離れていないという近さのところに、いまはグラウベルコーヒーがある。

　僕が珈琲豆を買う場所はもうひとつある。上野の池之端二丁目にある、古書ほうろうという古書店のなかに、珈琲を飲むことの出来る場所がある。店主夫人の美華子さんが責任者で、彼女が焙煎した珈琲豆を購入することが出来る。焙煎し終わると彼女から電話がある。いちばん最近ではコロンビアの深煎りとエルサルヴァドルのやや深煎りを二百グラムずつ買った。グラウベルコーヒーと古書ほうろうの二軒だけで、僕の珈琲豆は充分だ。これ以外の珈琲を試してみるためには、飲む量を増やさなくてはいけない。

積み上げたCD

この棚にすべてのＣＤをならべる、という目的で用意した棚が七つある。頑丈な木製の棚で七段あり、ここにすべてのＣＤを余裕をもってならべることが出来た。どの棚にならべたＣＤの上にも充分なゆとりがあり、紙ジャケットならＣＤを十五枚は重ねて置けるだろう。しかし僕はそうしなかった。ところどころ、数枚が重ねてあるだけだ。ＣＤはすべてこの七つの棚に納まった。しかも余裕は充分にあった。どの棚もＣＤでいっぱいになるには、しばらく時間がかかるだろう、と僕は思った。

僕は間違っていた。しばらくはたちまちであり、棚のどこにも余裕はなくなった。しかしＣＤは増えていく。配信の時代ですよ、ＣＤは終わりです、と言う人は多いが、新たなＣＤは発売され続けている。しかも大量に。持っていないＣＤは買うほかない。だから買っている。収納はどうしているのか。専用の七つの棚に余裕はもはやない。棚以外の場所に積み重ねるほかない。だからそうしている。

ＣＤを積み重ねるのは五十枚が限度ではないか、という発見を僕はしている。五十枚のＣＤの小さな山が、七つの棚の周辺に、いくつあるのか。仮に置いた小さなデスクの上はＣＤの山だ。デスクの下にはファイル・ボックスに入れたＬＰが進出している。そのデスクの隣に本来の丸いテーブルとその椅子があり、この椅子に座って専用のシステムでＣＤを聴くことを夢見たこともあったなあ、と思いながら、五十枚のＣＤの山がいったいいくつあるのか、もはや数える気もしない。

ひとつだけ褒めるとすれば、七つの棚の周辺にのみ、ＣＤの積み重ねた山があることだ。あちこちとんでもないところに、ＣＤの山が散逸し、足の踏み場もない、という状況ではない。ＣＤはＣＤのあるところに集まっている。どこになにがあるのか。よくわかっているんだよ、という言いかたは、要するに言いかたであり、少なくとも僕の場合は、どこになにがあるのか、まったくわからない。

　積み重ねたＣＤの山から、ふと数枚を手に取り、一枚ずつ眺めるときの、新鮮な感慨をあなたは知らないだろう。ここにこんなものがある、ここにこんなものが買ってあるではないか、こんなものを持っていたのか、という驚きの連続は、捨てがたい。

　ＣＤの山なみの、もっともいきやすいところ、つまりいちばん手前にあるＣＤ八十枚くらいが積んであるタワーの頂上から、一枚だけ手に取ってみると、それはジアナ・ヴィスカルディとミッヒ・フジシュカの COFFEE AND MUSIC ではないか。珈琲の歌を集めてカヴァーしたＣＤだ。ＬＰでこういうものを探して二十年くらいになるけれど、なかった。Ａ面は珈琲の歌、Ｂ面がウイスキーの歌で、題名は『珈琲とウイスキー』というＬＰがありそうだが、少なくとも僕は遭遇しなかった。

「世界初のコーヒー・ソング・アルバム」とうたってある。「ジアナのしなやかで伸びのある歌声に繊細で表情豊かなミッヒとのギターが絡む究極のアコースティック・アルバム」ともうたわれている。ジアナの歌声には鼻にかかったようなところがあり、これが僕には甘えているような印象に聞こえた。ミッヒは伴奏はしていない。女性の歌声に自分のギターが重なると、自分のギターはどうなるか、という興味は満足出来ただろう。三十年ほどあとにこの音源を聴いたとき、そう言えばこんなこともあったなあ、と彼は思うのだろうか。最後の十二曲目のBlue Cafeを彼はひとりで弾いている。

Coffee Time、Cafe Com Pao、Cafe Da Tarde、Tom's Diner、Bios Ton Cafe、Java Jive、Black Coffee、Cafe Da Manha、The Coffee Songと、材料はつきない。

やや奥まったところに、積み上げたＣＤ百枚を超えた塔のてっぺんにあった一枚は、『松島詩子全曲集』というものだった。これがこんなところにあったか、というもはや何度目とも知れない発見を、僕は楽しんだ。

『歌に幸あり』という題名の、「永遠の戦後歌謡全集」というＣＤが五枚箱入りで一万一千円です、という広告を僕は眺めていた。『かえり船』『リンゴの唄』『憧れのハワイ行路』など、少なくとも三重には重複して持っているし、歌によっては五重、六重に重複してもいるだろう。ディスク3に松島詩子の『喫茶店の片隅で』が収録されている、というではないか。この歌を僕は聴いたことがない、したがって知らない、シングル盤ももちろん持っていない。この歌ひとつのために、五枚組のＣＤを買いますか。買う。持っていない物は買うほかない。ユーチューブでこの歌を聴くことが出来た。歌は良く出来ている。松島詩子の歌唱は良い。久しぶりにこのような歌いかたを聴いた。

松島詩子全曲集、というようなＣＤがあるなら、それを購入したほうが、『喫茶店の片隅で』だけではなく、他の歌も手に入るのだから、得策なのではないか、と僕は考えた。このくらいのことなら、僕にも考えることが出来る。調べてみると、『松山詩子　全曲集』というＣＤが発売されていることがわかった。『喫茶店の片隅で』はもちろん収録されている。僕はそれを購入した。積み上げた百枚のＣＤの頂上にこれがあったのは、これを僕が購入しておいたからだ。

八十数枚のＣＤを積み上げて作ったタワーが崩れかかっているのを、僕は発見した。途中で五、六枚のＣＤが右へはみ出し、さらに数枚上ではおなじく五、六枚のＣＤが、左へとはみ出していた。ほんの二、三枚のＣＤを頂上に置いただけで、その塔は崩壊しただろう。その場に膝をついた僕は、両方の掌ではみ出しているＣＤを軽く叩いて本来の位置まで引っ込ませることをした。八十数枚のＣＤによる塔はきれいに整列した。

立ち上がってその場を去ろうとした僕は、その塔のてっぺんにあった一枚のＣＤを手に取った。RICK DANKOというＣＤだった。一九七六年にサンフランシスコのウインターランドでザ・バンドが最後のコンサートを行った一年後、一九七七年に、アリスタというレーベルから、ソロになったリック・ダンコは最初のＣＤを出した。ひょっとしたら、という気持ちになった僕は、そのＣＤタワーを上から順に探してみた。するとどうだろう、あるではないか、リック・ダンコがリチャード・マニュエルとともに出演したザ・ホースマンというサルーンでのライヴとともに、リチャード・マニュエルとガース・ハドソンと出演したザ・ローンスターという店でのライヴＣＤの二枚が見つかった。ともに一九八五年の作品で、レーベルはフローティング・ワールドだ。このレーベルではさらにたくさんのリック・ダンコのＣＤが発売されているという。

ロニー・ホーキンズのザ・ホークスにリズム・ギターとしてリックが参加したのは一九六〇年のことだ。すぐベーシストに転向し、このあと、ロビー・ロバートソン、リヴォン・ヘルム、ガース・ハドソン、リチャード・マニュエルの四人が参加する。そしてこの五人がボブ・ディランのツアーにバンドとして同行し、ザ・バンドとして最初のＬＰを出したのが、一九六八年のことだ。一九七四年にはボブ・ディランの全米ツアーに同行し、一九七六年にはザ・バンドは解散した。一九九九年にリック・ダンコは他界している。

この三枚のＣＤに共通している曲はJava Bluesだ。リック・ダンコとエメット・グローガンが共作した。Java Blues, coffee, coffeeと、連呼するかのように歌う部分が、受けとめている人たちの共感を得て、それに歌う当人も巻き込まれることが、この曲では出来やすいのか。このような支離滅裂な歌詞をよく歌えるものだ、という気持ちもある。Java とアメリカの口語で言えば、珈琲全般を意味する。ジャワ原産の珈琲豆による珈琲、という意味ではなく、黒くて得体の知れない東洋の飲み物、というような意味に近い。Javaは便利な言葉だ。

三とおりのJava Bluesを聴きくらべてみた。ピアノが素晴らしい。リチャード・マニュエルだろう。ザ・ローンスターでおこなわれたライヴの、最初のイントロから『ミステリー・トレイン』を聴くといい。電気ギターの試し弾きのような単純な単音が、『ミステリー・トレイン』という曲にまとまっていく様子のなかに、このとき舞台に上がっている全員の、強靭きわまりないミュージシャンシップを、目のあたりにすることが出来る。

『アキラ』と題する小林旭の五枚組ＣＤがある。企画と監修が大瀧詠一さんで、ジャケット・デザインが平野甲賀さんだ。これの『アキラ／２』が一枚だけ、僕の机の端に置いてあった。何十枚ものＣＤを積み重ねた塔がいくつもある丸い机だ。『キエンセラ・ツイスト』『ペパーミント・ツイスト』『東京ツイスト』の三曲に『一杯のコーヒーから』を加えた四曲が、一九六二年に発表したおなじＬＰから収録してある。彼が一九六一年に『黒い傷痕のブルース』を歌った一年後だ。

『黒い傷あとのブルース』については、三年ほど前に別なところで書いた。多少の修正を含めて、ここにもう一度書いておこう。作曲者のジョン・シャクテルは、読みかたによってはシャハテルでもあり得るが、演奏者のアンリ・ド・パリと同一人ではないか。作曲者のときはジョン・シャクテルの名を使い、演奏者のときはアンリなのだ。白いステージ衣装にアルト・サックスを持ったアンリの写真を見たことがある。彼の楽団のメンバーはそのときどきのピック・アップだ。いろんなところでライヴの仕事をしていたのだろう、と僕は推測する。

『黒い傷あとのブルース』の原題はBroken Promisesで、これをアンリ・ド・パリ楽団が演奏した短いテープをアメリカから受け取った日本のビクター・ワールド・グループの人は、これは絶対に歌謡曲の演奏物として売れる、という強い思いのもと、Broken Promisesの原題から『黒い傷あとのブルース』という日本における題名を考えた。ブルースのひと言がつくのはいいとして、黒い傷あとの、という部分をいかに発想したのか僕は知りたいが、一九六一年の担当者あるいは当時を知る人たち全員が、残念だがもはや草葉の陰だ。

　日本の担当者はアメリカから受け取ったテープのコピーを作り、そのコピーを使って切り貼りし、日本で一枚のシングル盤として成立するよう、整えなおした。「貴殿からお送りいただいたテープをこのようなかたちでレコードにする許諾をいただけるなら、このとおり二分三十数秒で演奏したテープを至急下記宛にお送りいただきたい」というような手紙を添えて、テープをアメリカに送る。待たせるなら催促しなくてはいけない、と思っているところに新しいテープが届く。聴いてみる。なんの問題もない。

レコードは無事にプレスされ、市場に出た。よく売れた。そしてビクターの担当者は日活から次のような提案を受けた。『黒い傷あとのブルース』をもとに小林旭主演で映画を作りたい。『黒い傷あとのブルース』という題名になり、おなじ題名で小林旭が歌う主題歌が劇中にありレコードも発売される。歌詞は日本語のものをこちらで作る。演奏も日本人がおこなう。ビクターの担当者はこの提案に全面的に賛成する。『黒い傷あとのブルース』はこのようにしてアンリ・ド・パリの演奏物でありつつ、小林旭の歌ともなった。市場に出たアンリ・ド・パリの『黒い傷あとのブルース』のスリーヴには、日活映画化がうたわれていない。「アルト・サックスの音がわたしの心をかきむしる」というコピーに当時の言葉で言うところの、金髪ヌードが添えてあり、『黒い傷あとのブルース』と日本語の題名が斜めに入り、傷あとの持ち主とおぼしき男性の横顔が乱暴に描いてある。

日活映画の『黒い傷あとのブルース』には吉永小百合が共演した。曲は編曲次第でどうにでもなる。歌詞も日本語でまったく改めて、吉永小百合のBroken Promisesがあり得たではないか。あり得たと言うなら、西田佐知子のBroken Promisesもあり得た。映画の冒頭近くにナイトクラブの場面があり、ステージ・ショーの一部として、デビューしたばかりの頃の西田が歌う。この歌が、西田佐知子のBroken Promisesであり得た。

シングル盤はすべて専用の段ボール箱に入っている。その段ボール箱は金属製の棚ひとつを完全にふさいでいる。八代亜紀の『なみだ恋』のシングル盤は目立つところにあった。『なみだ恋』ゆえにではなく、そのB面の『雨のカフェテラス』ゆえにだ。シングル盤は歌謡曲だけを数えて千枚くらいだ。なんらかのかたちで珈琲に関する歌があるかどうか、この千枚を探した僕は、ない、という結論に到達した。そのことを想起させるために、『なみだ恋』のレコードを僕は目立つところに置いた。『小さな喫茶店』から始まって、『一杯のコーヒーから』や『喫茶店の片隅で』『学生街の喫茶店』をへて、『雨のカフェテラス』だ。

『雨のカフェテラス』の主人公は女性だ。赤坂でホステスをしている人ではないか。彼女が休みの日の午後、土曜日かと思うが、彼女のひとり暮らしの部屋を、彼が訪ねて来る。白いマンションだそうだ。来た彼は三時間ほどで帰っていく。地下鉄の入口まで自動車で彼女が送っていく。帰っていく彼を送るのは、彼との別れの予行演習ではないのか。そんな彼女の気持ちを哀れむかのように、カフェテラスは雨で濡れている、といった内容だ。三分三十一秒ある。

エチオピアはどこにある

コスタリカ。グアテマラ。タンザニア。スラヴェジ。イエーメン。ホンデュラス。エチオピア。珈琲豆の生産地を片仮名書きにしたなかに、エチオピアは確かに存在している。珈琲豆はどれにいたしましょうか、とカフェで言われると、ほぼ自動的に僕はエチオピアだ。ここにエチオピアは存在している、と言っていいかどうか。エチオピアの珈琲豆生産量は、ブラジル、ヴェトナム、コロンビア、インドネシアに次いで五位だ。この五か国で世界の珈琲総生産量の約七十パーセントを占める、と言われている。たくさんあるもののなかに、僕は自分の好みを見つけているようだ。

エチオピアの旧称はアビシニアという。リトル・リチャードの歌に、I'll be seeing you. と言うかわりに、Abyssinia と叫んでいたのがあった。

パリだろうか。それともローマか。ギリシアのアテネかも知れない。どこからでもいい、とにかく飛行機でカイロへいきたい。カイロに降り立つ。乗り換えのためだけだといい。そこからアスワン。ここも乗り換えだけだ。そしてポート・スーダン。ここでは紅海を見たい。どこからどのようにでもいいから、ひと目だけでも、紅の海を見たいではないか。英語では Red Sea と言う。紅海という日本語は英語を翻訳したものなのか。香港からエチオピア航空の直行便があるそうだ。これに乗ると、香港から十七時間で、エチオピアの首都、アディスアベイバに到着する。多民族国家、という言葉がある。エチオピアには八十を超える民族が、それぞれに生活しているという。ドロオバ。シャシェメネ。ディラ。ウエンド。といった地名に囲まれて、もっとも都会的なところに、身を寄せることになりそうだ。

エチオピアは海と接していない。六十キロの生豆が入る麻の袋で、珈琲豆はどこから輸出されるのか。かつての日本で広く知られたモカは、珈琲豆が輸出される地方の名だという。その地方とは、どこなのか。エチオピアで生産された珈琲豆がどこから輸出されているのか、それすら僕は知らない。

エチオピアに珈琲農園はほとんどないという。野生した珈琲の木がたくさん集まったところが、そこかしこにあるのだろうか。赤く熟した珈琲の実を手で摘んでいく。これだけでも気の遠くなるような重労働だ。珈琲の生豆の収穫から輸出まで、どこをとっても、単調な重労働であることは、すでに別な項目のところで書いた。

エチオピアの珈琲豆の焙煎されたものが、ふたとおり、僕の手もとにあった。どちらも二百グラムだ。袋に入っているのを、僕は開けてみた。グラウベルコーヒーと古書ほうろうの焙煎豆だ。深煎りのきれいに揃った種子を僕は眺めた。ここまできれいに揃えるには苦労が多いに違いない。

古書ほうろうの袋には、モカシダモＧ２ウォッシュド、とある。モカについてはすでに書いた。シダモは珈琲の木があるところの名前のひとつだ。Ｇ２はなんのことだかわからない。ウォッシュドとは「洗った」という意味だ。チェリーの外皮は少しの力を加えると割れるという。チェリーの外皮に少しだけの力を加える機械が開発されていて、その機械を通過すると、チェリーは外皮とそのなかの、淡い緑色をした生豆とに、分かれる。

この生豆をウォッシュするとは、どういうことなのか。水槽にひと晩つけておく。生豆の表面にある物質を、こうして分解する。すっきりした味わいの珈琲になるそうだ。しばしばワインの香りで語られるモカは乾燥式によるものであり、外皮がまだついたままの状態で四週間ほど、太陽光のもとで乾燥させる。乾燥すると、深い褐色のあの珈琲色になる。

　エチオピアでは、珈琲の原木が集まっている森が、管理され維持されている。原木とは、たとえば昔日の羊飼いカルディが、自分の飼っている羊が珈琲の赤い実をうれしそうに食べているのを見て、自分も食べてみたらなかなかよかったという、珈琲の始まりの伝説に登場する、野生の珈琲の木のことだ。この森がエチオピアにある。写真でしか見たことはないが、いまの東京での生活に慣れた身には、誇張でもなんでもなく、密林だ。

　乾燥式であれ湿式であれ、珈琲豆はもう一度、乾燥される。輸送中の黴《かび》や虫を防ぐため、水分が十二パーセントになるまで乾燥されたのち、六十キロの珈琲豆の入る麻袋に詰められ、日本なら日本へと輸出される。それを買う人は、どのような制度のもとに、どこでどのように買うのだろうか。

雨が降ります

各駅停車の電車は速度を落とした。やがて停車した。ドアが開いた。僕の降りる駅だ。開いたドアのすぐ隣の席に僕はすわっていた。午後八時。空席はいくつもあった。次の駅で降りよう、と僕は決めた。次の駅は梅ヶ丘だ。小田急線の線路沿いに八幡宮まで引き返し、歩道橋を渡ると、道の向こう側に、高台の代田への入口があった。

ドアが閉じた。僕は席を立ち、ドアの前に立った。電車は発進した。自分が歩いているべき、いつもの見慣れた景色が、速度を上げている電車に反比例して、うしろへと流れていくのを、僕は見た。

ひとつ手前の下北沢で降りてもよかった。そこから自宅まで十二、三分だ。世田谷代田の駅で降りると、歩く時間は四分の一ほどの短さだった。梅ヶ丘駅はすでに高架になっていたが、東北沢、下北沢、そして世田谷代田の三つの駅は、まだ地上にあった。下北沢駅は僕が初めて知った一九五三年から、なんら変化はなかった。

電車はすぐに梅ヶ丘駅に停車した。開いたドアから僕はプラットフォームに出た。目の前に一階へ降りるための階段があった。僕はその階段を下りた。そして駅の南口に出た。

線路と平行に道があり、その道の角に、とんかつやかつ丼を出す店があり、その二階が喫茶店だった。かつて何度か入ったことがあった。

とんかつやかつ丼の店の前をさらに南へいくと、梅干し屋さんと着物の仕立て屋さんにはさまれて、確か喫茶店があったはずだ、と僕は思った。丈の低い灌木《かんぼく》が両側にあり、道路から少しだけ引っ込んだ木製のドアには、喫茶店、と書いた木製の板が取りつけてあったはずだ。店名もその板に書いてあった、と思いながら僕は道を渡っていた。

　喫茶店はあった。営業していた。店名を読みながらそのドアを僕が開くと同時に、雨が降ってきた。いきなりの強い雨だった。僕はドアを閉じた。店に客はいなかった。正面のカウンターのなかに、女性がひとりいた。

「いらっしゃいませ」

と彼女は言い、カウンターのなかで立ち上がった。

「濡れた？」

と彼女は訊いた。

灰色の木綿の生地でシャツのように作った僕のジャケットは、濡れていなかった。

「あと少しで濡れるところでした」

「濡れてはいないのね」

「あやういところでした」

「よかったわね」

カウンターのなかに立っている女性は、細いブルーのストライプの入った白い長袖のシャツの裾を、黒い化学繊維のパンツの外に出していた。髪が華やかに造ってあり、きつい顔立ちにその華やかさがよく調和していた。笑顔になると、顔立ちの整いかたが強調された。その彼女が言った。

「この奥にいまは無人の家が一軒あるのよ。そこへおもての道から入っていくコンクリートの通路があり、玄関の上に突き出ている小さな庇《ひさし》のトタン屋根がおまけのようにあって、そこに雨の粒が当たるのよ。ここにいると、この壁のすぐ外だから、雨の音はよく聞こえるのよ。いまはすごい雨よ。尋常な降りかたではないわね」

僕はカウンターのまんなかに向けて歩いた。

「ここにすわっていいですか」

席のひとつを示した僕は言った。カウンターのなかの女性はうなずいた。

「最近の雨はいきなり降るのね。しかも、たくさん」

僕は席にすわった。目の前にカードがあり、「本日の珈琲は当店のブレンドです。エルサルヴァドル。ニカラグア。コスタリカ」と、手書きしてあった。

「これをください」

僕はそのカードを指さして言った。彼女はうなずいた。

焙煎された生豆はすでに粉になって、透明な丸い筒型のプラスティックの容器に入っていた。珈琲カップに白いドリッパーを置き、紙のフィルターをセットし、赤い蓋のプラスティック容器からスプーンで粉を移した。柄の短い木彫りのスプーンだった。それに軽く山盛りで二杯の粉だ。電気ケトルに沸いた湯を、静かにまんべんなく、彼女は珈琲粉に注いだ。

「お待ちどおさま」

受け皿に載った珈琲カップを、彼女はカウンターの向こうから僕に向けて差し出した。

「砂糖とクリームは？」

と彼女は訊き、

「どちらも使いません」

と僕は答えた。そして珈琲を引き寄せた。

「お仕事？」

という平凡な質問に僕はうなずいた。

「神保町で打ち合わせが三件です。四時、五時、六時。ひとりで夕食をして、地下鉄に小田急を乗り継いで、ここにいます。いつもは世田谷代田で降ります。もしくは、下北沢です」

「お近くなのね」

「ここから世田谷代田に向けて、線路の南側をいくと、八幡宮があります」

「あるわね」

「そこの陸橋を渡ると、高台の代田に入っていく道が、正面にあります」

僕は珈琲を飲んでみた。よく出来た珈琲だった。僕は喋るのを続けた。

「ここに確か喫茶店があったはずだ、ということは認識してました。でも、入るのは、いまが初めてです」

「十年になるのよ」

と彼女は言った。彼女はストゥールを引き寄せ、それにすわった。

「この店が十年になるのですか」

彼女は首を振った。そして次のように言った。

「店はもっと以前からあるのよ。私が店を継いだかたちになったのが、ちょうど二十五のときだったから。十年よ」

「この店を引き継いだというのは、どういうことですか」

と言って、僕はさらに珈琲を飲んだ。

「なんの関係もない先代がこの店を閉じるということを、地元の不動産屋さんから聞いたのよ。裏の一軒家も含めて、どうです、買いませんか、と言われて。先代は裏の家にひとりで住んでいて、この喫茶店を経営してたのね。それが親の介護で遠州灘の近くの実家へ帰ることになったの。ここと裏の家は、当然、始末しなければならないわね。そこに私がからんでくるのよ。先代は話好きなかたで、あれこれ話しているうちに、私がこの店を居抜きで買い取り、店名からなにから、すべてそのまま引き継いだらどうか、という展開になったのね。店主が彼から私に代わるだけ。常連さんのなかにも、そういう理解だった人は、多いみたい」

　僕はひき続き珈琲を飲んだ。

「その初代のかたは、いま、どうなさっているのですか」

「親の介護に十年かかったのよ。その十年間にあちらでも喫茶店をなさって、繁盛してるのですって。ここへ戻ってくることは、まずないわね」

　僕の珈琲は半分ほどになっていた。

「私も裏の一軒家に住んでたのよ。三年ほどかな。いまはここから歩いて七、八分の集合住宅の三階」

しばらく無言の状態が続いた。僕は珈琲を飲み干した。彼女が次のように喋った。

「このお店を私にやらせてください、と言う女性がいるのよ。二十七だったかな。静かな人。まかせてみようかな、という気持ちになってるところ」

「店主がまた交代するのですね」

「三人目ね」

と彼女は言った。

「裏の家にひとりで住んで。焙煎もやってみたい、と言ってるわね」

僕はうなずいた。ある日、この店へ来たら、店主はその二十七歳の女性に代わっている、という光景を僕は想像した。

「雨の音がまったく聞こえなくなったわ」

と彼女が言った。

「あなた、ドアを開いて、外を見てきて」

僕はカウンターの席を立ち、店のドアまで歩き、それを開いて外に出てみた。雨はまったく降っていなかった。

男性が三人、外の道から店へ向かって、入ってきた。三人ともスーツを着ていて、黒いナイロンの鞄を持っていた。おなじ会社のサラリーマンだ。三人に年齢差はほとんどなかった。先頭の男性が僕に気づいた。

「店はやってますか。入れますか」

と訊いた。

「営業してますよ。入れます。どうぞ」

と僕は答えた。そして、

「雨が止んだかどうか、見てたのです」

とつけ加えた。

三人は店に入った。左側にある四人用のテーブルに席を取った。僕はカウンターの席に戻った。

「雨は止んでました」

と僕は彼女に言った。

「そうでしょう」

「また降りますよ」

テーブル席の三人のひとりが言った。

「十五分ほどして降ります。二十分くらい続くかな」

僕は空の珈琲カップを彼女に向けて押し出した。

「もう一杯？」

という彼女の問いに僕はうなずいた。

「おなじ豆で」

という質問にも、僕はうなずいた。

一九六〇年、インスタント

日本で最初のインスタント珈琲が市販されたのは一九六〇年だったという。森永製菓という会社が二百二十円で売り出した。五十グラムから百グラムのあいだだろう。これを二十歳になったばかりの僕は一度だけ飲んだ。さしたる感銘はなかった、と記憶している。自分の日常のなかにこれは今後ともない、と判断したからだ。一九六〇年をほとんど記憶していない。もはや子どもではない年齢の男性として、そのなかにいたことは確かなのだが。

池田勇人という人が首相だったという。「所得倍増計画」というものを彼は政策決定した。「国民の全てが豊かさに向かって突き進んでいった時代である」と、『１９４６～１９９９売れたものアルバム』の編者は書いている。国民栄養調査という調査の結果、国民の四分の一が栄養不足だと判明したという。

一九六〇年にはハイライトという煙草が発売された。おそらく二十本入りで、これが七十円だった。いまでもあるだろう。いまでも確かにあるのは、クレラップだ。一九六〇年に百円で売り出された。呉羽化学工業の「クレ」に、主として食品を包むから、それを英語で言うと「ラップ」であり、このふたつをひとつにして、クレラップと称した。

一九六〇年頃の流行語に「家つき、カーつき、ババ抜き」というのがあった。未婚の女性たちの結婚観をこの言葉はよくあらわしているという。家つきの「家」とは、結婚したふたりがともに住む家のことだ。この家をすでに持っている男性が結婚相手として好ましい、という意味だ。「カー」とはマイ・カーと呼ばれた自動車をすでに自分のものとして所有している人が好ましい、という意味だ。ババ抜きとは、夫となる男性の母親が、なんらかの理由ですでにそこにいないことを、意味した。

　ババアがまだ健在ならジジイもいるだろう。その男性は五人の子どもたちのまんなかだとして、姉夫婦からの評定、兄夫婦からの評定、そして弟と妹はまだ独身でも、合計で少なくとも六人の視線で検分される。日夜なにかといえば、あいつの嫁は、という評定にさらされる。こんなの嫌だ、という当事者からの批判がこのような言葉になった、と僕は考える。

　流行語だから語呂が良くなっている。語呂が良いとは、非常にしばしば、言葉がきついことを意味する。きつさをやり過ごして核心を良く見るなら、そこには真実の一端が、かならずある。

　僕の母親は、新しい物好き、と呼ばれる人の典型だった。家のなかには常に新しい物があった。一九五〇年代なかばからそれは顕著となった。サブリナ・シューズ。アリナミン。脱毛ワックス。こういった品は一九五〇年代のものだろう。折り畳み傘。ミカロン。ホネケーキ。ミクロゲン・パスタ。カッターナイフ。フラフープ。チキンラーメン。キムコ。テトラパック。これらの物に辟易したものだ。ダッコちゃんという、女性が二の腕にとまらせる人形は、そこらじゅうにあった。インスタント珈琲もそのような新しい物のひとつだった。

　インスタント珈琲はいまでもあるどころか、どうしていいのかわからないほどに、たくさんある。自宅から歩いて三分のところの、私鉄駅と合体したスーパー・マーケットでは、棚ひとつがすべてインスタント珈琲だ。需要は多いのだ。あまりにもたくさんあるので、僕も少しだけ買ってみた。

どれもみなガラス瓶に入っていた。

Mochaはその名称を「インスタントコーヒー（フリーズ・ドライ）」といい、原材料名は「コーヒー豆（生産国名・エチオピア）」の六十グラムだ。ネスカフェのゴールド・ブレンドは三十グラムで、原材料名は「コーヒー豆（輸入）」とある。三十グラムは正しい選択だと僕は思う。毎日ひとりでこれだけを珈琲として飲むなら、ちょうど十日間から半月分ではないだろうか。

オーガニックマウンテンの百グラム入りのガラス瓶は、他の店で買った。生産国名はコロンビアで、「厳選された１００パーセント有機栽培のアラビカ種のコーヒー生豆のみを使用した」ものだという。プラスティックの蓋を含めたガラス瓶ぜんたいのかたちが気に入って、ふと買ってみた。百パーセントコナ・コーヒーの「ハワイセレクション」のフリーズ・ドライ四十二グラムは、かねてより自宅にあった。賞味期限は切れていたが、見た目にはなにごともなかった。飲んでみた。おなじく、なにごともなかった。コナ・コーヒーだけのフリーズ・ドライは珍しいのではないか。

もうひとつ、「ブルー・マウンテン№１ブレンド」というフリーズ・ドライも購入してみた。ジャマイカのブルー・マウンテンを土台に、コロンビアその他の珈琲豆をブレンドしたものだ。ブルー・マウンテンは一九五〇年代なかばにはすでにブルマンと短縮され、喫茶店の若い常連たちには知られていた。

以上、五種類のインスタント珈琲の総量は二百八十二グラムだ。一日に三グラム飲むとして九十四日分だ。五つのガラス瓶のどれもが空になるまでに、三か月かかる。

インスタント珈琲を飲むためのカップを用意してみた。すり切りで２００cc入るから、ちょうどいい量は１５０ccになる。この１５０ccの熱湯に対するインスタント珈琲の量は、テーブル・スプーンにすり切り一杯だ、けっして多くしないこと。

僕が一九六〇年の日本で初めてインスタント珈琲を飲んだときには、熱湯の量は１７０ccほどだった。このお湯に対して、やや大きめのテーブル・スプーンで二杯のフリーズ・ドライを、僕は用いた。明らかに多過ぎた。一杯で充分だった。

焙煎した珈琲豆をミルで挽き、なんらかのフィルターを使って淹れた珈琲には、隙間のようなものがたくさんある。隙間どうしがくっついて、いくつもつながり、抽出された珈琲ともつながって、一杯の珈琲となっている。しかしフリーズ・ドライの珈琲には、この隙間がない。インスタント珈琲を飲むときには粉を少なめに、という知恵はここにつながっている。技術の力で作るフリーズ・ドライは、密度が極限まで高くなっている。隙間、というものがない。隙間を作ろう、とは考慮していない。

フリーズ・ドライの量が多過ぎると、密度の高さを強く感じることになり、口のなかで味わうその感触に、違和を覚える。逆に少なすぎると、これは薄い、と直接に感じる。抽出した珈琲だと、たとえば二倍にしても、隙間どうしのつながりが二倍に拡大されるだけであり、珈琲として飲める。薄く淹れたアメリカン珈琲が、一杯の珈琲として飲める理由は、ここにある。

珈琲で染めた長袖のシャツ

自分のところで焙煎した珈琲豆を静岡県のイフニという会社が販売している。焙煎する前に豆を選別しなくてはならない。そのときかならず出る不良な豆を染料にして、イフニは長袖の木綿のシャツを染めて商品にした。それを僕は購入した。いまここにある。専門家がきちんと色染めをしたという。じつにきれいな色だ。このような色のシャツを僕は初めて見た。Tシャツにこのシャツ一枚の季節になったら、ぜひ着よう。そのシャツはいい色ですね、と言う人はかならずいるから、珈琲で染めたそうだよ、というひと言から、話を始めよう。珈琲を飲んでいた喫茶店でこのシャツが話題になるといい。

　珈琲で染めた長袖のシャツは生地の木綿も良い。手ざわりは良好だ。着てみたときの感触は合格だ。ボタン・ダウンに白いボタンだ。いい色だなあ、とひとりで悦に入っていたら、ブラック・コーヒーという色を思い出した。L. L. Beanのカタログのなかに、ブラック・コーヒーという色の、確かプルオーヴァーのような服があったはずだ。その服に、そしてブラック・コーヒーという言葉に惹かれて、僕はその服を購入したのではなかったか。買ったはずだ。

　探してみたら、あった。「スウェットを超えるスウェット」だそうだ。長袖のスウェットのぜんたいにキルティングがほどこされている。モック・ネックの四ボタンだから、喉もとはクオーターで開く。着てみたらぴったりで、着やすいものだった。これがブラック・コーヒーの色なのかと、しばし僕は感慨にひたった。たいへん濃い褐色だ。これをブラック・コーヒーと称することはたやすぐ可能だ。珈琲で染めた長袖シャツの季節のすぐ前、三月なかば、Tシャツにこれ、そして軽いブルゾンという着かたをすれば、限りなく普通で好ましい。

長袖シャツ、そして長袖のスウェットの両方を見ていたら、おなじ系統の色であることに気づいた。珈琲で染めた長袖のシャツの色を濃くしていくと、やがてブラック・コーヒーの色をした長袖のスウェットになる。逆も真だ。ブラック・コーヒーのスウェットの色を少しずつ淡くしていくと、ほどなく、珈琲で染めた長袖ボタン・ダウンのシャツの色になる。

『一杯のコーヒーから』と『小さな喫茶店』

ミス・コロムビアが『十九の春』という歌をSP盤でヒットさせたのは一九三三年、昭和八年のことだった。そのミス・コロムビアは『一杯のコーヒーから』を最初に歌った人でもある。一九三九年のことだ。その音源がCDで復刻されている。僕はそれを聴いてみた。たいそううまい歌に対して、『一杯のコーヒーから』はこうもなり得る、という感想を僕は持った。歌詞は四番まである。二番と四番とを霧島昇が単独で歌っていた。C長調の四拍子の曲だ。歌詞のなかに「角砂糖」という言葉があった。ド・ド・ソ・ソと四分音符が四つによる一小節だ。一番から三番までのこの部分は、「ふたりの」「あなたと」「あそこの」となっていた。

一九三九年の『一杯のコーヒーから』に対して、こうもなり得る、というカヴァーの試みに対するような感想を僕が持ったのは、どのような理由からだろうか。一九三九年のSP盤を僕が聴いてるわけがない。何年もあと、歌謡曲ヒット全集のような、簡単な譜面と歌詞を集めて一冊にしたような本を、二十歳から三十歳にかけて、僕はしばしば読んだ。譜面を読めば旋律は頭のなかに浮かぶ。そこに歌詞を重ねればいい。きっとこのようにして『一杯のコーヒーから』を知ったのだろうと考えていたら、思い出した。聴いて少なからぬ感銘を受けた最初のレコードが僕にとってのオリジナルなのだ、ということだ。

藤家虹二というクラリネット奏者がいて、彼が率いていた確かクインテットが、歌謡曲のカヴァー演奏のレコードを作った。一九八〇年代のなかばではなかったか。このなかに『一杯のコーヒーから』があり、それを聴いた僕は、たいそう感銘を受けた。このＬＰを僕はいまでも持っている。あのあたりに必ずある、と正確に指さすことは出来るのだが、そのあたりに到達するのが至難事だ、という状況だ。だからそのＬＰの現物はないままに、僕はこれを書いている。

ミス・コロムビアの歌を聴いたとき、これの演奏だけの音源があればいいのに、と僕が思ったことと、どこかで同調してもいる。

『小さな喫茶店』を青江三奈が歌っている、という情報を得たとき、これは買わなくてはいけないと僕は反射的に思った。聴かなくてはいけないとは、買わなくてはいけない、ということだ。いったん買ってしまえば、聴くのはいつだって可能なのだから。

『小さな喫茶店』は英語の題名をIn A Little Cafeといい、ドイツのタンゴだ。日本語の歌詞を得て日本で広く歌われたのは昭和十年だったという。昭和十年のＳＰ盤は僕の守備範囲を超えている。『小さな喫茶店』はＬＰになってから何年かあとに聴いたのだろう。タンゴ・オーケストラのＬＰは何枚も持っている。そのなかに『小さな喫茶店』があったのだろうか。あるいは戦後の日本で外国のタンゴ・オーケストラが公演するにあたって、来日記念盤と称して、日本人に好まれるタンゴ曲のＬＰを作った。『小さな喫茶店』はそのようなＬＰのなかにあったか。「それは去年のことだった、星の綺麗な宵だった」という、日本語歌詞の最初の二行には、聞き覚え以上のものを僕は感じるのだが。

青江三奈のＣＤを僕は購入した。『青江三奈ベスト』という二枚組のＣＤだ。『小さな喫茶店』は収録してあった。『おんな酒』『木屋町の女』『昭和おんなブルース』『池袋の夜』といった歌のなかで、『小さな喫茶店』はまず題名として異彩を放っていた。内容的にはこの歌だけが、日本の夜と酒の世界から、遠く離れていたのではないか。

　青江三奈の『小さな喫茶店』はじつによかった。あの声とあの歌いかたで『小さな喫茶店』がどのように歌われるのか、といった杞憂の念はまったく不要だった。あの声と歌いかたは、必要とあらばいつだってたやすく可能である、というだけのことであり、彼女の本質は素晴らしく歌のうまい女性なのだ。青江三奈のＬＰやシングル盤は一枚も持っていない。その気になればいくらでも店舗で買えた時代があったのに。

　青江三奈のＣＤは一枚あったはずだと思い、探してみた。あった。「ゴールデン・ベスト」というシリーズのなかの一枚で、『青江三奈カヴァーコレクション』というＣＤだ。他の人たちのヒット曲を彼女が歌っている。全二十曲のなかには、『港が見える丘』『星の流れに』『アカシアの雨がやむとき』などがあり、僕は『夜霧の第二国道』を聴いてみた。それは素晴らしいものだった。フランク永井のオリジナルが男性の歌うものだとすると、青江三奈が歌うそれは女性が歌う『夜霧の第二国道』であり、男性歌手のオリジナルがあれば充分だと思っていた僕は思慮が足らず、青江三奈のヴァージョンを聴くことによって突然、女性による『夜霧の第二国道』が生まれた。

彼はあの喫茶店へ向かう

　彼が最初にあの喫茶店の客になったのは彼が二十五歳のときだった。まだ独身で、この駅の北口から徒歩で五分の、集合住宅の部屋に住んでいた。その集合住宅へ帰る経路から、ほんの少しだけはずれたところに、あの喫茶店があった。いまの彼は五十五歳だ。ともに暮らして二十年をこえた奥さんとともに、ふた駅先の徒歩で七分の一軒家に住んでいた。

「あなたが最初にここへいらしたとき、私は確か三十三のときですから」

といつだったか店主が彼に言った。その店主はいま六十三歳だ。

「店は建てた頃とおなじです。あちこち修復してはいますけれどね。改装しろよ、とおっしゃる人がいるのとおなじく、ここはなにも変えるな、とおっしゃるかたがいて、変えないほうが少しだけ優勢かな。掃除はしてますよ。わざわざ来ていただくのですから」

　珈琲のメニューには、当店のブレンド、というものに続いて、エチオピア、コロンビア、そしてブラジルが掲載されている。当店のブレンドとはなになのかと、一度だけ彼は訊いてみたことがある。店主は珍しく声を上げて笑い顔の前で手を振り、

「それは秘密です。申し上げられません」

と答えた。

　彼の好みはエチオピアだった。たまに、当店のブレンド、を注文することもあった。

　店のなかのどの席にすわっても、おなじ景色を目にすることが出来た。この喫茶店へ自分が来る

理由はこれなのか、と思ったこともあった。居心地の良さは最初からだった。居心地の良さのなかで、どの席からもおなじ景色を見ながらひとりでひとときを過ごしたいのか。いつもここへはひとりで来ることについて、彼は思った。

　この店のなかではなにも変わってはいなかった。しかし他ではすべてが変わっていた。まず駅が、まったく別物だった。駅ぜんたいが広くなったのは確かだった。直線と平らな部分が増えた。広くなった空間を直線と平らな部分が支えていた。駅ぜんたいが高くなった。線路を持ち上げたのか。独身の彼がこの町の集合住宅に住んでいた頃には、階段をほんのちょっとだけ下ると、地べただった。地べたという感覚が消えたのとおなじく、階段の幅が広くなり、段数が飛躍的に増えた。昔はたちまち地べたであり、そこへ降りると、北口と南口とに分かれた。北口へ出るには、さらに階段を降り、薄暗い地下を歩かなくてはならなかった。線路をくぐったのだ。いまのホールはここが地面という感覚がなく、北も南も方向は見当がつかなかった。

　駅の北口を出ると、方向はおなじなのだが、道はまるで違っていた。駅のなかが延長されたかのように、道路は直線で平らだった。あるかなしのかつての歩道はどこにもなく、歩道は道の両側に設けられていた。その歩道を歩き、脇道に入り、その途中で路地に入ると、見たような景色となった。しかし、遠景には変化があった。路地の南側の出入口が、かつてとは変わっていた。出入口の左側に四角い建物が高く出来て、やがて右側にもおなじような高さの四角い建物が生まれた。路地の出入口はそのふたつの建物にはさまれ、喫茶店の前からの景観は完全に変わった。

　彼は店へ入った。いつものあの店主が彼を迎えた。ひとり客がふた組いた。席についた彼はエチ

オピアの豆による珈琲を注文して、

「お変わりはないですね」

と言った。

「そちらも」

と店主は返した。

珈琲を待つあいだ、少し離れたところにある壁を、彼は眺めた。その壁にはなにもなかった。かつてこの壁には、カレーライスの貼り紙があった。店主のひとり娘が二十歳から作り始め、二十七歳で結婚するまで、彼女のカレーライスはこの店で好評だった。彼も何度か食べた。ある日のこと、壁からカレーライスの貼り紙が消えていることに、彼は気づいた。

「カレーライスはもうないんですよ」

と店主が他の客に言っているのを、彼は聞いた。

マンデリン二百グラム、フレンチ・ロースト

リング・ラードナーのYou Know Me Alがとっくに日本語に翻訳されていることを知ったとき、僕はかなり動揺した。一九六九年に筑摩書房から『おれは駆けだし投手』という題名で単行本が刊行された。訳者は中村雅男だった。二〇〇三年にはちくま文庫の一冊になり、題名は『メジャー・リーグのうぬぼれルーキー』となり、新たに加島祥造の訳を得た。You Know Me Alが最初に本になったのは一九一四年だ。一九六九年に筑摩書房から日本語訳が刊行されるまでに、五十五年かかっている。僕が持っている原著はマクミランのCollier Booksという叢書の一冊で、刊行されたのは一九九一年のことだ。

英語から日本語に翻訳された本の一覧表、とも言うべきものがあるといいのではないか、と僕は思いついた。日本では、こんなものが、と思うほかないようなものが、翻訳されている。一覧表とは言うけれど、それは膨大なものになるのではないか、と僕ですら思ったほどだ。一九四五年八月十六日から現在までの、アメリカのものに限っていい。しかし、膨大なものになるだろうなあ、と僕は何度も思った。そんなものを必要としているひとが、どこにどれだけいるのか、ということまでは、思い至らなかった。

私がそのリストを作ります、と八巻美恵さんが言った。カタルーニアの料理を日本風になおした店での、夕食の席だった。いつもの三人、篠原恒木さん、八巻美恵さん、それに僕に加えて、亜紀書房の斉藤典貴さんと毎日新聞学芸部の関雄輔さんの二人が加わった、五人がいた。『これでいく

ほかないのよ』という僕の短編集を斉藤さんが作り、その本をめぐって僕をインタヴューして記事にしたのが関さんだ。斉藤さんと関さんはまだ面識がなく、このおふたりを引き合わせるのが、会食の目的だった。引き合わせは一瞬で完了し、あとはいつもどおりの楽しい夕食だった。

篠原さんがポール・マッカートニーのジョークを披露した。一九八〇年、大麻の所持の疑いで、マッカートニーは成田空港で日本の官憲に押さえられた。番号で呼ばれてほかの人たちとまったくおなじ味噌汁を飲み、返事をするときには英語のYesではなく日本語でハイと答えなくてはいけなかった。長く続いた取り調べのなかで、日本側の官憲がふと訊いたという。「おまえ、ほんまに、大麻ちゅうもんを、吸うたんか」その質問に対するマッカートニーの答えは、篠原さんによれば、「イエー、吸ったでえ」というものだったという。

八巻さんがリストの試作品を僕に手渡した。いつも利用している図書館の、アメリカ文学の蔵書のごく一部分を、リストにしたものだ。J．D．サリンジャーは、The Catcher In The Rye が最初に日本語になったときは、J．D．サリンガーだった。一九五二年、昭和二十七年、二百二十円でダヴィッド社から『危険な年齢』という題名で刊行された。訳者は橋本福夫といった。

本体にはすでに帯が巻いてある。その帯に印刷されている文句を引用しよう。

「最も洒落た　最も奇妙な　最も眞實な　青春の告白」

表紙にはひとりの男性が描いてある。主人公のホールデン・コールフィールドだ。描かれたコールフィールドとして、この人は貴重なのではないか。

シグネットというペイパーバックの叢書の一冊として刊行されたとき、表紙にはコールフィールドが描かれていた。なぜ一九五二年の『危険な年齢』が僕のところにあるのか。古書店めぐりを日課のようにしていた友人が、購入して送ってくれたからだ。裏の見返しの右上に、その古書店での定価が、鉛筆で書いてある。１００という数字を僕は見る。

ホールデン・コールフィールドのＩが言うYouとは
読者ぜんたいのことだ。
そのYouに「諸君」という言葉をあてがって、
日本で初めて、コールフィールドが日本語で語る。

サリンジャーの『フラニーとズーイ』では、僕が八巻さんから受け取ったリストのなかでは、フラニーはどれもおなじフラニーであり、ズーイはズーイー、ゾーイー、ズーイの種類に分かれた。アーネスト・ヘミングウエイの『武器よさらば』や『日はまた昇る』など、たくさんあった。どれもみなおなじだ。『ライ麦畑でつかまえて』のなかに『ライ麦畑で捕まえる人』が加わり、『陽もまた昇る』がひとつだけあるというような景色を僕は夢見ている。

オーヴィル　C・シャーレーという人の、Americans という作品は、『四四二部隊』の題名で一九五〇年、昭和二十五年に、東京堂から日本語訳が刊行されている。原著のコピーライトがいつなのか、不明のままだ。

ロバート本郷の一九五八年の作品である、Hey, Pineapple! は『パイナップル部隊』の題名で一九五九年に、文藝春秋新社から日本語訳が刊行されている。グレイス・メタリアスの Peyton Place は、一九五七年、昭和三十二年に、『楡の葉のそよぐ町』という題名で、新潮社から日本語訳が刊行されている。原著は一九五六年のものだ。

ほんの一例をあげるなら、こうしたアメリカの著作物が、いつ、どのような題名で日本語に翻訳されたのか、たちどころにわかる膨大なリストというものを、僕は夢見ている。

夕食を終わってその帰りぎわ、亜紀書房の斉藤さんが、小さな茶色の紙袋を僕に差し出した。珈琲豆だ。前回、毎日新聞の関さんは、故郷静岡の新茶の包みを僕にくださった。どちらも、なにより、だ。珈琲豆はインドネシアのマンデリンが二百グラム、フレンチ・ローストになっているという。世田谷二丁目にある、自家焙煎南薫堂珈琲のものだ。

生きて見つける最高の人生

『生きる』は黒澤明が一九五二年に監督した作品だ。主人公は渡邊勘治さんという五十三歳の男性だ。おそらく東京都の、どこかの区役所に勤めている市民課長だ。住民がさまざまな陳情や提案を役所に持ってくる。市民課長である渡邊さんのところが、最初の窓口になるのだろう。陳情や提案は紙に書いて提出した。紙は半紙と呼ばれたものをふたつに折り、毛筆ないしは万年筆で内容をしたためた。大きさは揃うから、多忙な渡邊さんには、仕事がやりやすかった。あの土地は公園にするのがいちばんいいと思います、と陳情にくる数名の女性たちが、早い段階で登場している。

市民課に提出された陳情は、そこから担当の各部署にまわされ、たらいまわしの果てに、渡邊さんのところへ戻ってくる。渡邊さんは仕事をしながら薬を飲んでいる。胃の薬だ。彼は胃の調子がおかしい。医師の診断を仰ぐ。医師は「軽い胃潰瘍です」と渡邊さんには告げるが、じつは彼は胃癌であり、「持ったとしてもせいぜい半年だな」と助手たちに言う。胃癌の渡邊さんは半年の余命だ。

渡邊さんの奥さんはすでに他界している。渡邊さんは、死別による寡夫だ。一軒の家の二階にひとり息子夫婦が同居している。彼らに子どもはない。中年の女性がひとり、お手伝いさんとして住み込んでいる。ひと部屋をあてがわれてそこに住み、一家の用事をすべてこなしている。彼女が「奥さん」と呼んでいるのは、渡邊さんの息子夫婦の妻のほうだ。

市民課に小田切とよ、という若い女性が勤めている。彼女はその仕事を辞める。この小田切とよを、小田切みきという女優が演じている。この小田切とよと渡邊さんはふたりで夜の街を遊んでまわり、念を押すかのように、渡邊さんと小田切とよが喫茶店で差し向かいになっている場面がある。レストランかと僕は思ったが、喫茶店だ。一九五二年の東京に、このような喫茶店はすでに存在していたのだろう。

店の中央の奥に二階への広い階段がある。この階段を上がると、客席はおなじかたちで左右に振り向けられる。階段を越えて向こうの席がよく見える。若い客たちが誕生祝いをしている。彼らからも渡邊さんたちはよく見えたはずだ。彼女と渡邊さんの前にあるのは、珈琲ではなく紅茶だ。それになんらかのケーキか。渡邊さんはいっこうに埒が明かない様子だ。

階段を嬌声とともに上がってくるのは、誕生日を仲間たちに祝ってもらっている当人とおぼしき女性で、ケーキを載せた皿をかかげている。階段を上がった彼女を仲間たちは取り囲み、ハッピー・バースディを唱え合う。その様子が、小田切とよと渡邊さんのふたりを画面に取り込んで、描写される。きわめて凡庸な構図だ。その凡庸さゆえに、この場面に託された意味はなにもなかったのだと、僕は思いたい。

渡邊さんはもうじき死ぬ、と観客にはわかっている。その死はいつなのか、そしてそれはどんなふうに訪れるのか、などと思っている観客は、ここでいきなり、渡邊さんの通夜の場面を観ることになる。渡邊さんの遺体は祭壇に横たえた棺桶のなかで火葬の前であり、彼の遺影は額縁に納まって、棺桶の上に立てかけてある。

このような転換のしかたは、たいそう映画的で好ましい、と僕は思った。そしてここからが、『生きる』は面白い。通夜の席の様子と、フラッシュバックで描かれる生前の渡邊さんの様子を、観客は交互に観ることになる。迫ってくる死を前にして、なにかひとつやっておこう、という気持ちになる渡邊さんだ。

通夜の客は役所の人たちであり、食事と酒がふるまわれる。最初のうちは役所の人たちはおとなしいが、酒の勢いをかりる頃になると、渡邊さんを巡って、賛否両論が飛び交い始める。

生きているあいだにやっておくひとつのこととは、陳情に応えて公園を作ることだ。関係する各部署に日参しては、この件に関しましてはなにとぞご再考のほどを願い上げます、と頭を下げるだけなのだから、各部署の人たちは最後には気味が悪くなって動く、という仕事のしかただ。

公園は完成する。雪の降る夜に渡邊さんがひとりでブランコにすわっている場面がある。あのブランコは完成した公園にあるのだと、僕はあとで知った。この公園を高い位置からパンで撮影された場面を、観客は観ることになる。高架で交差する道路の下にある道路に面した、変則的なかたちの小さな公園だ。ブランコや鉄棒などがあり、公園は白く塗った木製の柵で囲まれている。この公園のために場所を選んだ黒澤監督は、遊具を揃えて公園らしくしたうえで、高い位置からパンで撮って、見せている。

この映画の前半では特に、黒澤監督は定型をなぞっている。これはやがてこうなるのですよね、すると次はこうなりますよねと、観客が思い描くとおりの画面が、スクリーンに映し出される。その場面を観るたびに、観客は小さな納得を心のなかに積み重ねる。そして最後に映し出されるのは、生前の渡邊さんが尽力して実現させた公園の全景だ。こんなものだったのか、と観客は思う。少なくとも僕はそう思った。

二〇〇三年に東宝が市販したＤＶＤで僕は『生きる』を観た。音声は聴き取りにくい。渡邊さんが感極まるたびにかならず歌うのは、『ゴンドラの唄』という大正四年に広く歌われたものだ。低くつぶやくように、彼は歌う。なぜこの歌なのか、理由は説明されない。このような心境なのだろう。四番まである歌詞の一番を渡邊さんは歌うから、一番の歌詞だけを以下に書いておこう。第一行目は一番から四番までおなじだ。

命短し恋せよ乙女
朱き唇褪せぬまに
熱き血潮の冷えぬまに
明日の月日のないものを

原題をThe Bucket Listというこの作品は、二〇〇七年にロブ・ライナーが製作と監督を務めた九十七分の映画だ。「男の人生と友情を、明るく優しく描いた、感動のヒューマン・ドラマ！」と、僕が観たＤＶＤのパッケージに印刷してある。日本での題名は『最高の人生の見つけ方』という。Kick the bucketというきまり文句が英語にはあり、死ぬ、という意味だ。自分が死ぬまでに一度は体験しておきたいことのリストをthe bucket listと称するのはなかなかいいではないか、と哲学の教授は言った。学生たちにバケット・リストを書かせ、そこから哲学の講義を始めようとでも思ったのだろうか。

そのとき大学の一年生で哲学を専攻することになっていたのが、カーター・チェインバース（モーガン・フリーマン）だ。その一年生のときに現在の奥さんと知り合って結婚し、すぐに奥さんは妊娠した。彼は働かざるを得なくなる。彼は大学をやめ、職業を選んでいる自由などないままに自動車修理工になり、それから五十年、自動車修理工として一家を支えてきた。その彼が癌になり、余命は半年で入院し、治療に専念することになった。

病室は二人でひと部屋、という方針を病院は厳格に守っている。カーターが相部屋になったのは、実業家で大金持ちのエドワード・コール（ジャック・ニコルソン）というおなじような年齢の男性だ。病院が試みる新薬の治療によって、彼らの余命はいくらかのびるかもしれない、という状態以外に、このふたりに共通するものはなにひとつない。

病室のベッドでただ寝ているだけの日々のなかで、カーターはふとバケット・リストを思い出し、黄色いリーガル・パッドに書いてみる。なにを書いているんだ、と興味を示したエドワードはそのリストを一読する。このようなリストを想像のなかで作るのではなく、ひとつずつ実行してはどうか、とエドワードは持ちかける。「まだおたがいに半年あることだし」。

エドワードの窓辺にある装置を示し、あれはなになんだ、とカーターは訊く。「珈琲のサイフォンだよ」とエドワードは答える。「あれで淹れるコピ・ルアクは最高だよ。俺は最高のものにしか興味を持たないからね。ひと口、飲んでみな」と勧める。いつもインスタントだから、と言うカーターに、エドワードは強引にコピ・ルアクを飲ませる。カーターはコピ・ルアクを飲んでみる。「けっして悪くない」とカーターはエドワードに言う。

バケット・リストに書かれた他愛のない願望はひとつずつ実現されていく。万里の長城をオートバイで疾走する。夕日を浴びるピラミッドの景色を近くのピラミッドの上から眺める。スカイダイヴィングをしてみる。かつて憧れていたマッスル・カーでレーシング・コースを飛ばしてみる。最高のものだけを世界のあちこちで食べてみる。リストのなかのものがひとつずつ実現していくのは、大金持ちのエドワードの資金力によることだ。

おたがいの人生について語り合う場面もある。カーターの長男は税理士だ。娘はオーケストラの首席ヴァイオリンのオーディションを受けるという。奥さんはかつて看護師をしていた。もう何人もの人たちをそこから見送ってきたという。エドワードには娘がひとりいるが、お父さんとは二度と口をきかない、と言われている。まだ幼い娘がいるはずだが、などと彼は言う。

自宅へ帰りたくなった、とカーターは言う。バケット・リストにはまだやり残したことがいくつかあるが、そんなことより自宅なのだ。カーターは自宅へ帰る。奥さんが彼を迎えてくれる。ふたりの仲の良さが頂点に達した頃、カーターは倒れて病院に運ばれる。「帰って来てね。待ってるわ」と彼女は言い、「心強い」とカーターは答える。これが彼の最後の言葉となる。エドワードが娘と和解し、幼い孫娘を抱く様子が描かれる。

カーターのメモリアル・サーヴィスがおこなわれる。エドワードが壇に立って語る。カーターは最高の友人だった、と語るかたわらに、カーターの遺影が額縁に収まって、立てかけてある。規定の年齢に達するとすぐに軍隊に入隊し、制服を着て制帽をかむった若いカーターが、その遺影のなかにいる。モーガン・フリーマンの実際の写真かもしれないし、フリーマンの若い頃はこうだったと思わせるような人が、それらしく服装を作って撮った写真かもしれない。後者だといい、と僕は思う。まったくそうではないものを、いかにもそのもののように画面で見せるのは、映画の特技のひとつだから。

　コピ・ルアクがどのようなものなのか、生前のカーターはおそらくＰＣで簡単に調べ、プリント・アウトした。それをエドワードに渡し、読んでみろ、と言う。エドワードはそれを朗読する。コピ・ルアクがどのようなものなのか、これではっきりする。ふたりは大笑いする。バケット・リストの総仕上げのような大笑いだが、コピ・ルアクがどのようなものなのか、知らないままにエドワードはそれを飲んでいたのだろうか。

　冒頭でヒマラヤのような高度のある雪山をひとり歩いていく男性が描かれる。その映像に合わせて、画面外で語っているのは、カーターだろう。映画のおしまいにも、まるで冒頭とつながっているかのように、高度のある雪山をいくひとりの男性が描かれる。顔をあらわにする場面があるからわかるのだが、この男性は冒頭でもおしまいでも、おなじ人だ。エドワードにとって秘書のような役を果たす男性だ。冒頭ではカーターの火葬後の灰を、そしておしまいではエドワードの灰を、チョックフル・オヴ・ナッツの空き缶に入れて、持ってきた。エドワードとカーターの灰は、高度のある雪山の絶対と言っていい静粛のなかに、ひとつの簡単に作った墓に、葬られた。

　チョックフル・オヴ・ナッツとは、アメリカのどこのスーパー・マーケットでも売っているような、コーヒーの缶詰だ。死んだら火葬がいい、灰はチョックフル・オヴ・ナッツの空き缶に入れてな、とふたりが語り合う場面があった。

コピ・ルアクを愛でるエドワード。

昭和十四年七月三十日発行

大東京案内、という五文字が右から印刷してある。ナイアンキョウトウダイ、と読んでしまう。表紙にはその大東京の戯画が描いてある。山手線と中央線、それに川にかかる橋が、六つも描いてある。東京は水の町だった。山手線には四輛連結の電車がふたとおり描いてある。山手線の内回りと外回りだろうか。古書店の目録で見つけて購入した。新品と言ってもいい状態のものが、夏の暑い日の午後に届いた。

大東京の人口は六百万を超えて、ニューヨークに次いで第二位だそうだ。下水から電車まであらゆる設備が貧弱なまま、人だけが増え続けたという、現在の東京につながる東京は八十二年前にすでに始まっていた。昭和十四年の東京を見物するにあたっての、日程や順路を作り、市内と近郊の名勝、史跡、遊覧地などをこの本でお教えいたします、ということだ。頒価十五銭。僕が購入したときは三千円くらいだった。

「日本帝国の興隆を反映して伸びゆく我等の東京」は、いまや世界の東京だという。タクシーが一万台いた。最初の二キロまでが三十銭で、それ以後は一キロごとに十銭だった。ごく最近、メーター制になったばかりだ。浅草と渋谷を結ぶ地下鉄が直通になったらしく、料金は二十銭だ。当時の東京は東京市だった。市内の地価でもっとも高いのは京橋区銀座四丁目の交差点とその周囲であり、一坪が三千円前後だったそうだ。ぜんたいは九十六ページの小さな冊子だ。そのなかで東京の名所案内が二十九ページから八十ページまでである。西本願寺や東京駅、帝国議事堂、東京科学博物館な

生まれた年の出版物を集めている。
僕が生まれたとき、東京はすでに大東京だったのだ。

227　**昭和十四年七月三十日発行**

どを眺めては、ほほう、と感心した人たちが沢山いたのだろう。東京の名所とは、田舎にはない立派な建物のことだった。

昭和十四年、一九三九年の日本とは、どんな状況だったのか。国家総動員法は前年の一九三八年の四月に公布されていた。その明くる年だ。ごく簡単な歴史年表、たとえば『昭和・平成現代史年表』（小学館、一九九七年）を見ると、満洲のノモンハンというところで五月に勝利した日本軍は、八月の終わりにはソ連軍の反撃によって、全滅に近い状態となった。昭和十四年の日本は、いまの中国で戦争を続けていた。

一九三九年の日本では、映画法という法律が公布されていた。脚本の事前検閲、製作・配給の許可制、外国映画の上映制限、ニュース映画の強制上映などの内容を持った法律だ。映画の自由な上映と鑑賞は国家の戦争遂行にとってまことに不都合である、ということだろう。米穀配給統制法、という法律も公布されていた。国民徴用令、という法律もあった。長髪やパーマネント、ネオン、中元歳暮などが禁止ないしは廃止となった。

贅沢品に対する戦時課税として珈琲に十パーセントの物品税がかかることになったのもこの年だ。前年の一九三八年には、戦時体制の強化により珈琲の輸入量が一九三七年の八千五百トン以上から、その半分にまで減少していたという。日本でも珈琲の愛好者はいたため、珈琲豆の代用品として、大豆や麦などが出回り始めるようになった。

鉄製不急品回収というのもあった。郵便ポスト、ベンチ、街路灯など、政府が定めた十五品目の鉄製品が、不急のものとして回収されたのだ。回収した鉄で、日本は、たとえば外国に落とす爆弾を作った。

『昭和・平成現代史年表』の一九三九年、「世相」の八月に、次のような記載がある。

「東京市で隣組回覧十万枚を配布。月二回の『隣組回報』の発行も始まる」一九三九年は日本にとっては隣組の年だ。たとえば、道の向こうにある五軒とこちら側の五軒を合わせた十軒でひとつの単位が、「隣組」と称された。この「隣組」を回報で結んだ。月に二回発行されたこの回報を、主として主婦が、隣の家にまわすのだ。隣の家からその隣の家へと、回報はまわされていった。こうすることによって、「隣組」の意思の疎通がはかられた。「回報」というかたちで接触面が増えるのだから、「隣組」は以前にくらべると密になった。これがじつは、市民による相互監視のネットワークだった。定期的にまわって来る男性がいて、

「奥さん、しばらくです。回報は順調にまわってますか」

などと言う。主婦は近所のいろんなことを喋る。これを聞いている男性にとって隣組は、市民みずからによる相互監視の網の目だ。戦争遂行に不都合な人や物が、この網の目にやがてかかってくる、というしかけだ。このような年に僕は生まれた。一九三九年の九月にはポーランドで第二次世界大戦が始まった。

アラバマ州モンゴメリー。スリランカ。東京

ボール紙を使った平凡な紙箱だが、僕は好いている。手に持ったときの掌との関係が好ましい。この箱の糊をはがして展開し、横向きに置くと、横の長さは１２５ミリで、縦幅は２２０ミリだ。２２０ミリを４で割ると55ミリなので、この大きさのボール紙を四枚つなげて、すべてを山折りすれば、横１２５ミリで幅は55ミリの四角い箱になるはずだ。四枚ならんでいるこのボール紙を、上から順に、１、２、３、４と番号をつけておこう。説明するにあたって便利だからだ。

１の左右両端には糊代が加えられる。糊代の幅は左右どちらも15ミリだ。糊代は国語辞典の説明によれば、「紙などを貼り合わせるとき、糊をつけるために残してある部分」のことだが、ここではかならずしも貼り合わせたりはしない。

２にはその右端に、この紙箱にとって底として機能する部分を作らないといけない。縦横55ミリの正方形を右端に加え、さらにその右端に、15ミリ幅の糊代を加える。この糊代の両端は角を落として丸くしておく。２の左端には、蓋を開けることを防止するタンパ・プルーフだろうか、OPEN!と印刷された半円形の部分に親指の腹を当てて押すとミシン目が切れるから、ついでに左右の両端まで続いているミシン目を切ると、この部分は本体から離れる。これによって４の左端につけた55ミリ四方の蓋が十全に機能する。半円形の部分の雌形に相当するものが２の左端にあり、ここに指を当てて押すと、蓋は開きやすい。

３は１とおなじだ。15ミリ幅の糊代を両端に作っておく。この糊代はいずれも、その左右で形状

が異なっていることに、僕は気づいた。僕が使ってみた結論を書くなら、蓋の開閉をやりやすくするために、糊代の形状が異なっているようだ。片方だけで本体とつながった蓋を開閉するとき、本体とつながった部分はただ動くだけなのだが、蓋が開閉されるそのたびに、15ミリ幅の糊代が出し入れされる。この出し入れの動きをより円滑にするため、糊代の端はより深い角度で切り取られている。そしてこの蓋の糊代の両端は、左右どちらも、折り目に沿って５ミリほどの切れ目が入れてある。この切れ目がひっかかる。蓋を開けようとするとき、このひっかかりは、かなりやっかいだ。悪意を持って蓋を開けようとする人と、まったくそうではない人を、この切り込みは識別しない。したがってこの切り込みは、どちらの人にとっても等しく作用する。

４の下部には15ミリ幅の糊代を１２５ミリの長さのぜんたいにわたって加えておく。と同時に、この箱にとっての蓋となる部分を、作っておく必要がある。縦横ともに55ミリの正方形を左端につける。その正方形のいちばん左端に、15ミリ幅の糊代を加えておく。この糊代は、蓋を本体に閉じる役を果たす。

以上のような文章だけで、長さ１２５ミリ、底と蓋が縦横55ミリの紙箱をひとつ、作ることが出来るはずだ。単純な紙箱ひとつだが、そのぜんたいを言葉だけで説明しようとして僕は苦労した。どこをどのように苦労したかによって、僕の頭の程度すら、わかるだろう。僕の頭のどこがどのようにいけないのか、この箱について理路整然と説明出来る人は、かならずいるはずだ、などと考えていたら、珈琲を飲みたくなった。

この紙箱のなかには、直径45ミリでもっとも厚い部分が５ミリの、円形のビスケットが15枚、銀色の袋に密閉されて入っていた。恒例となった夕食の席で、「はい、これ、あげます」と言って八巻美恵さんがテーブルの白いクロスの上に置いてくれたものだ。天然の生姜を使ったこのビスケットはスリランカ製だということだ。

これにはあの珈琲が合うのではないか、と僕は直感した。ハンク・ウィリアムズ・ミュージアムから購入した、ホンキー・トンク・ブレンドの珈琲だ。フル・ボディ、というひと言に僕は期待した。いま少しボディがフルだったら、と思いながら、僕はそれを飲んだ。そしてジンジャー・ビスケットを三枚、食べた。ビスケットの味は上出来だった。一杯の珈琲にビスケットは三枚だ。アラバマ州モンゴメリーで購入した珈琲にスリランカのビスケットを合わせる僕は、十一月の東京の人だった。

スリランカから来た生姜のビスケット。 15枚入りだ。
珈琲1杯に3枚として、 ひと箱で珈琲5杯分か。

ここにあった！

僕はついに見つけた。もはや恒例となっている、イタリー料理ないしはカタルーニア料理の夕食会の後半、八巻美恵さんがふと取り出したスマートフォンの画面に映し出された写真のなかに、それはあった。

「それですよ、それ。珈琲。漢字ふたつ。雪洞《ぼんぼり》。それです、まさに」

と僕はとりとめない。八巻さんは優しく僕をいなし、スマートフォンをかかげなおし、画面の写真をより良く見せてくれた。

「いい景色でしょう。お好きでしょう」

と彼女は言った。

その写真はたいそう素敵であり、その写真がとらえた景色ぜんたいも、文句のつけようはなかった。しかし、このときの僕の関心は、雪洞にあった。

横幅五十センチくらいか。縦幅は三十センチか。厚さは十五センチないだろう。この大きさで乳白色のプラスティック板を張り合わせ、四角い箱をひとつ作る。なかには電球が灯るようにしておく。雪洞、という言葉は日常生活からは消えたが、広告業界の実践部門では、いまも現役であるようだ。だから僕は平気で雪洞と書く。なかに電球の灯るしかけのある、などと言うよりも、雪洞のひと言ですべては通じるのだから。

その雪洞が、理想形として僕が思い描いたほぼそのとおりに、八巻さんが見せてくれた写真のなかで、現実の一部分となっているではないか。

珈琲、の漢字ふたつは、凛々しい。かつての僕はコーヒーと片仮名書きしていたのだが、こうした片仮名書きはずいぶん間抜けに見えることに気づいて以来、当て字ではあっても、珈琲、と漢字で書くようになった。その珈琲のふた文字が、なんの飾りもなしにただ平凡に、雪洞の片側に一対、そして反対側にも一対、あるではないか。

広告看板をこのような雪洞で作ってしまうと、現実の世界のなかでこれを取り付けようとすると、その位置は限られてくる。建物の外壁と天井とが接するような、高い位置だ。八巻さんの写真を見よ。珈琲、のふた文字が雪洞に浮かび上がる様子は、天井と接した、もはやこれ以上には高くなり得ないところに、設置してある。

青山通りの北側の歩道を歩いて来て、青山学院前の歩道橋をとおりすぎ、しばらくいくと都営バスの停留所がある。渋谷二丁目の停留所だ。このバス停の向かい側、リサイクル着物と処方箋薬局のあいだの通路を入ると、珈琲の雪洞が迎えてくれる。その建物のおもて側と裏側を直線でつないでいる通路だ。その通路は一階にある。

友人の篠原恒木さんが、一杯の珈琲とひとりだけの自分というものを楽しんでいた頃、その喫茶店は青山茶館という名称だった。

「四角い雪洞はその頃からありましたね。いまは名称も経営者も異なります。向かい側のカレーの店は、お昼どきには行列の出来る繁盛店ですが、カレーの店になる前は、鉄板焼きの店でした」

と篠原さんは語る。

青山通りにある「珈琲」というふた文字の雪洞だ。
かつての僕みたいに、セツドウと読まないように。

珈琲

喫茶のらくろが開店した

田河水泡さんは一九六九年から玉川学園に住んだ。僕は一九七七年からだから、田河さんの八年あとだ。玉川学園に引っ越すことがきまって間もなく、駅の南側の歩道に立って、不動産屋さんがこう言った。

「この道を西へいくともうひとつ上り坂があって、それを上りきったところに漫画家が住んでるよ。田河水泡さん。のらくろの。知ってる？」

のらくろは知っていた。その作者がおなじ町に住んでいることは、知らなかった。

「その上り坂を地元の人たちは、のらくろ坂と呼んでいるそうだ」

一八九九年に生まれた田河水泡さんは、僕が玉川学園に引っ越してきた頃には、じゅうぶんに現役だった。僕が玉川学園に引っ越してから三年後の一九八〇年には、『のらくろ喫茶店』という漫画を、雑誌『丸』の四月号から開始していた。『のらくろ喫茶店』は一九八一年に講談社から単行本として刊行された。僕は二〇一二年に復刻ドットコムから復刻されたもので読んだ。この作品は長く続いたのらくろの物語の、最後のものだ。

田河さんがのらくろを描き始めたのは一九三一年、三十一歳のときからだ。『少年倶楽部』の新年号から『のらくろ二等卒』という物語の連載を開始した。二等卒というのは昔の日本陸軍でもっとも下の階級の兵士のことであり、ここから一等兵、上等兵という具合に階級を上がっていった。のらくろは大尉までいき、そこで依願退官して軍隊を離れた。当時の日本の子どもたちにとっては、こうした兵隊の話は親しみの持てるものだった。田河さん自身は二十歳のときに旧陸軍に入隊した。

のらくろは野良犬黒吉という。これを平仮名四文字に短縮すると、のらくろ、になる。

『のらくろ喫茶店』は二十五の章に分かれている。その最初の章である「部屋探し」の最初のコマは、近所を歩いているのらくろの全身像だ。

「ブルさんのすすめで喫茶店に勤めることになったが、まず住居をきめないと」

とのらくろは言っている。ブルさんというのはブルドッグのことだ。登場する人たちはすべて人間のかたちをしているが、顔だけは犬なのだ。

部屋を探して、のらくろはアパートを何軒も訪ねる。

「空き室ありますか」

「ありませんね」

「空いてる部屋はありませんか」

「みんなふさがってるんですよ。すみませんね」

「部屋ありますか」

「満室です」

と、軒なみ断られる。「こんちは」とのらくろが言っただけなのに、「ないよ」と答えた女性のところで、プロレスラーのデカさんという友人の紹介により、のらくろは四畳半の部屋を借りることになる。

「起きて半畳、寝て一畳あればいいだ」

とデカさんは言う。入ってすぐに流し台とごく簡単な調理台があり、その奥は押入れだ。押入れ

喫茶のらくろで使っているカップとそのソーサーだろうか。
『のらくろ喫茶店』の裏表紙に描かれていた。かなり凝っている。

に面して四畳半があり、いちばん奥の壁には腰の高さの窓がある。

第三章「初出勤」の最初のコマのなかを、のらくろが歩きながら次のように言う。

「さて、きょうからお勤めだ。新しい人生の門出だ」

のらくろは店員として勤める喫茶店に入る。店主はのらくろを客だと思う。客そのものの態度だからだ。

「親方、きょうから店で使ってもらいます」

「なんだ、君か。店員なら店員らしく入ってこい」

のらくろは店主を親方と呼んでいる。

「親方じゃない。マスターといえ」と店主は言う。マスターさん。マス公。などとのらくろは言う。

「コーヒーの入れ方を教えてください」

とのらくろが言えば、

「それはまだ早い。初めは掃除と皿洗いだ」

と店主は答える。

「はじめは下働きか」

とのらくろは、箒で店内の掃き掃除にはげむ。

新しい布団を買って暖かく寝られたあくる日、のらくろはモールさんという知人に町で偶然に会う。喫茶店に勤めて修業してます、とのらくろは報告する。

「ほう、それは意外な職業だな」

「ほかに仕事もありませんから」

「モーニング・サービスもやるのか」

「なんですか、それは」

「しらんのか。では案内しよう」

と答えたモールさんはモーニング・サーヴィスのある喫茶店へのらくろを連れていく。入口の脇に立てかけてある看板に、「モーニング・サービス」とあり、湯気を立てている珈琲のかたわらに、トーストが一枚、大きく描いてある。

「つまり、トーストがサービスだ」

「だってこれ、食パンでしょう」

「食パンも焼けばトーストだ」

「いかも干せばするめか」

「なんじゃい、そりゃ」

「落語にそんなのがありました」

とのらくろは答える。

田河水泡の自叙伝である『のらくろ一代記』の巻末に年譜がある。その年譜の一九二六年のところに、「新作落語を試作し、講談社に持ち込み、認められて落語作者に」という記載がある。落語を書くときの筆名は高澤路亭といい、本名は高見澤仲太郎といった。絵が描けて諧謔《かいぎゃく》を理解しているなら漫画にぴったりだと編集者は考え、講談社のいろんな雑誌に漫画を描けるようになった。

漫画を描くときの筆名は、本名をタカミズアワと読み、それに田河水泡と漢字を当てた。しかし誰もがタガワスイホウと読み、本人もやがてそれに従ったという。田河は最初の頃は田川だったそうだ。

「客のいないときはそのへんを掃除しろ」

とマスターに言われたのらくろは、

「はい」

と返事をする。そして、

「よく働いて喜ばれる店員になろう」

と言い、上着を脱いでシャツ姿になる。のらくろは働くのだが、結局は客を怒らせてしまう。

「また客をおこらせちまったな」

とマスターは言い、

「すみません」

とのらくろは謝る。

修業はつらいが、いいこともある。たとえば「デブは福の神」という章では、客として入ってきたデブが、

「わしが保証人になれば銀行はなんぼでも出すというとる」

と、のらくろに告げる。デブは経団連の理事だという。のらくろが独立して店を持つための開店資金が、これで間に合ったりもする。

「店をもてば嫁さんがいなけりゃあ」

と、のらくろは言う。のらくろの意中の人は、焼き鳥屋の娘のおぎんちゃんだ。

「おぎんちゃんを嫁にもらおう。あの子、嫁にきてくれるかな」

開店資金は手に入った。おぎんちゃんは嫁にくると言う。店の場所をどこにするか。この問題も解決する。のらくろの町にもスーパー・マーケットが進出する。商店街に土地を欲しがっている。以前からある何軒かの店が話し合い、土地をひとつにまとめて、スーパー・マーケットに高値で売る。自分たちはまだなにもない原っぱを安く買い、そこに商店街を新たに作るという。それまでの土地をひとまとめにして高く売り、安い原っぱを買うのだから、どの人もお金持ちになる。なにもなかった町はずれの原っぱに、いきなり何軒かの店が出来る。書店。洋食の店。生花店。寿司の店。理髪店。中華料理の店。焼き鳥の店。そして、喫茶のらくろだ。

喫茶のらくろは開店し、満員御礼となる。すぐ隣はまだなにもない原っぱの延長だ。その原っぱには直径が一メートル近い土管が五本あり、十六人の「人」が集まっている。のらくろ物語の最後の場面だから、記念写真を撮るのだ。五本の土管の上に立ったりすわったりしている十六人の「人」たちの様子が、見開き二ページの画面に描いてある。その画面の右端では写真家さんが三脚を立てて写真機を載せ、

「のらくろさん、早く位置についてください」

と言っている。のらくろは画面の左端に立ち、

「おなごりおしいけれど、これが最後の場面です」

と言っている。

喫茶のらくろの客

夢のなかで僕は商店街を歩いていた。東京の郊外を西へのびていく私鉄の駅を中心に、西と東にほぼおなじ距離である、賑やかな商店街だった。僕が夢のなかで歩いていたのは、西口の商店街のほうだった。歩いていく僕は、なぜだか右側だけを見ていた。左側にも商店はつらなっていたのだが、どんな店があったのか、右側だけを見ていた僕には、左側のことはまるでわからなかった。

野菜の店。不動産の店舗。三河屋という屋号の酒店。ＤＰＥの看板を出している写真機店。背広大バーゲンの洋服店。和風喫茶。音羽屋という店。三四屋、という店。これはなにを商っている店だろうか。レストラン。珈琲豆の問屋。純喫茶。歩いていく僕の右側にはいろんな店があった。

店の横幅をいっぱいに使って入口の上にある看板に、書籍、雑誌、文具、と書いてあった。僕はその店に入った。今日の僕は書籍や雑誌ではなく、ノートブックを購入することにきめていた。店の奥で棚の前に立つと、そこにはいろんなノートブックがあった。買おうとしていたものはすぐに見つかった。ツバメのＨ３０Ｓで横罫のＡ５だ。僕はそれを六冊、購入した。中年男性の店主は、それを薄い紙袋に入れてくれた。

文具の店を出た僕はなおも西口の商店街を歩いた。洋食の店があった。ウインドーにならんでいる料理サンプルの出来ばえを僕は観察した。生花店があった。寿司の店。理髪店。ずっとあとでここはメンズ・ヘア・サロンとなった。街の中華料理の店。海老のチリ・ソースには惹かれるものがあった。その隣は焼き鳥の店だった。そしてさらに隣は喫茶店で、屋号は喫茶のらくろといった。僕は左手首の腕時計を見た。四時にあと少し、という時刻だった。僕はその喫茶店に入って、一杯の珈琲を飲むことにした。

店の前には店の横幅いっぱいに階段があった。そこで立ち止まった僕は軽く振り返った。のらくろの土埃り吹き出し、と僕が呼んでいるものが三つ、僕からの距離に応じて大・中・小と、地面から二十センチほどの高さで垂直に浮かび、静止していた。これを僕は、のらくろの土埃り吹き出し、と勝手に呼んでいるのだが、もっといい名称はないだろうか。のらくろが埃りを蹴立てて忙しく歩いている、という感じを出すときに、これはのらくろの脚のすぐうしろに描き加えられる。のらくろがのんびりと歩いているときにもこれはあるし、ほとんど立ち止まっているときにも、これはある。しかし常にのらくろはこれとともにあるわけではなく、その規則性はわかりづらい。のらくろ専用のものと思っていたが、のらくろ以外の人に描き加えられているのを、僕は見た。その人がコマの外へ移動し、もはやそのコマのなかにはいなくても、その人がついさっきまではそこにいたことの証拠のように、この吹き出しだけがあるのを見たこともある。

のらくろのうしろにこの吹き出しがある場合、その数は、もっとも少なくて一個、多いときは四個だ。のらくろのうしろにこの吹き出しが三個、四個とつらなる場合、のらくろに近い順に大・中・小と、吹き出しは小さくなっていく。吹き出しが四個ある場合、四つ目の吹き出しは、たいそう小さくなるときもある。のらくろが急いで走っている場合には、吹き出しはまったく違ったかたちに描かれる。

この吹き出しのなかになんらかの文字が入ることはない。いつも吹き出しは吹き出しのままだ。

のらくろの土埃り大・中・小。
このコマでは4個もある。
僕はこれを求めている。

室内で九十度の角を急いで曲がっていくのらくろのうしろに、吹き出しが描いてあるのを僕は見たことがある。大・中・小と三つ順番につらなった吹き出しが、その順番どおりに角を曲がろうとするのだが、そのかたちはどこかおかしい。田河水泡先生は描きかたを間違えたのではないか。

さて。のらくろの土埃り吹き出し三つにツバメのノートブック六冊の入った紙袋を重ねて持ち、僕は喫茶のらくろに入った。空いた席はいくつかあった。奥の席にすわった僕のところへ、水の入ったグラスをのらくろが持ってきた。うっすらと土埃りのついた三つの吹き出しをのらくろは見た。そして、「ずいぶんとお歩きになったのですね」と言った。「はい、ずいぶんと歩きました」と僕は答えた。

カウンターのなかでのらくろは珈琲を淹れた。そしてその珈琲を僕の席まで持ってきた。その珈琲を半分ほど飲んだところで、のらくろからの連想で、のろくまについて思った。野呂熊とは、いつも僕が利用している私鉄駅の、南口商店街にある喫茶店の名前だ。店主は誰にでも熊を思わせる男で、動作が遅い。そこから、のろくまという呼びかたが定着し、彼の営む喫茶店の名前になった。のろくまは三年前に開業した。盛業が続いて四年目を迎え、店の名前を、くまさんに変えた。店主と親しい人たち、それに彼の友人や知人たちは誰もが、彼のことを熊さんと呼んでいた。彼の店は、熊さんとこ、だった。店名の変更はうまくいき、盛業はいまも続いていた。

珈琲を飲み終えた僕は、しばらくのあいだ、ぼんやりと過ごした。そのあと、のらくろに代金を支払い、ノートブックの入った紙袋に三つの吹き出しを重ねて持ち、喫茶のらくろを出た。店の前で立ち止まった僕は、吹き出しを大・中・小の順番に整え、僕のすぐうしろの、地面から二十センチのところに、垂直に浮かべてみた。夢のなかのことだから、ごく当然のこととして、こうなった。現実の世界で試みていたときには、いかに僕が試みても、地面から二十センチのところにこの三枚の吹き出しを、垂直に浮かべることは出来なかった。様子を見にきた母親が、「こらあかんわ。浮かんどらんからな」と言ったその音声が夢のなかで何度か繰り返され、その音声に僕は目が覚めた。母親が叫ぶように放つ関西弁は、眠って夢を見ている僕を、その夢の外に引きずり出す効果を発揮した。

　ああ、夢を見ていたのだなあ、と僕は思った。夢のなかから現実へと戻った僕は、駅の近くにある文具店でツバメのノートブック六冊を買わなくてはいけないことについて、思った。Ｈ３０ＳのＡ５横罫だ。それから熊さんについても思った。熊さんの喫茶店、くまさんも、駅のすぐ近くにあった。僕の自宅から歩いて五分くらいだ。熊さんの店で今日の最初の珈琲を飲むとしたら、ブラジルの豆だけを深煎りにしたものがいい、と僕は思った。そう思った次の瞬間には、僕は再び眠りのなかにいた。僕が板とボール紙の中間のような感触のやや厚い紙で作った、のらくろの土埃り吹き出しの大・中・小三枚は、僕の部屋にある本棚のいちばん上に重ねて置いてあった。

珈琲が冷えましたね

ふたりの実在の人物を、ふたりの俳優が演じている。カール・バーンスタインをダスティン・ホフマンが、そしてボブ・ウッドワードをロバート・レッドフォードが。ふたりとも『ワシントン・ポスト』という新聞の記者だ。ボブは新人で、カールは場数を踏んでいる。苦心して書き上げたボブの取材原稿を読んだカールがその紙を取り上げて、タイプライターを叩き、あっという間に手直しをする場面が出てくる。ボブは不満な顔をするが、カールの筆力については認めざるを得ない。ふたりは相棒となり、政権を握る権力者たちの疑惑を解き明かすために奔走してゆく。

劇中での彼らの衣装は、一九七〇年代前半におけるアメリカの都市生活者を表現する、という意味において完璧だ。ジャケットにチーノ・パンツを合わせ、シャツに締めたタイはやや幅広で、結び目は緩めている場合が多い。現場で働く当時の新聞記者を絵で描くと、こうなるだろう。ふたりはジャケットを脱ぎ、編集部で、自宅で、タイプライターを叩く。その音が彼らの前進を支えている。ウオーターゲイト事件発覚、という記載に一九七二年六月十七日という日付があててある。『昭和・平成現代史年表』(小学館・一九九七年)によると、おなじ年表の一九七四年八月八日のところに、米大統領ニクソン、ウオーターゲイト事件で辞任、という記載がある。担当記者としてのふたりは、二年以上この事件を追ったことになる。もみ消したい実体を持つ側と、その実体の一部分を明らかにしては、自分たちの新聞の記事にしていく側との戦いだ。
『大統領の陰謀』という邦題で公開されたこの一九七六年の映画の原題は、All The President's

Menという。一九四九年に製作されたAll The King's Menという映画のタイトルをもじったものだ。だが、この題名にも元ネタがある。マザー・グースに登場するハンプティ・ダンプティの詩の一節、all the King's men「王の側近たち全員の誰もが」という意味の部分を引用したものだろう。

Humpty Dumpty sat on a wall,
Humpty Dumpty had a great fall.
All the King's horses and all the King's men,
Couldn't put Humpty together again.

塀の上にすわっているのは不安定で、一度落ちたら、王のすべての馬と側近たちをもってしても、二度と元には戻せない、とマザー・グースの童謡は歌っている。
一九四九年の映画All The King's Menは、ロバート・ペン・ウオーレンの同名の小説が原作だ。アメリカの地方政治家が腐敗していく姿を描いた映画は高く評価されたが、日本で初めて公開されたのは、一九七六年になってから岩波ホールにおいてであり、製作後すぐに公開されなかったのはＧＨＱの指示によるものだったと言われている。二〇〇六年におなじ小説にもとづいた、おなじ題名の映画が公開されている。主演したのはショーン・ペンだ。

スピロ・アグニュー副大統領のニュース映像を久しぶりに見た。『ワシントン・ポスト』の編集局で、カールやボブ、それに彼らの上司たちが、当時のTVでスピロ・アグニューを見ている。『ワシントン・ポスト』の記事をアグニューは強い調子で非難している。アグニューがひとしきり喋ったあと、上司たちのひとりが言う。

「言葉だけがならんでいる。実体はなにもない」

ヘンリー・キッシンジャーという男性が補佐官をしていたはずだ。強い訛《なま》りを不自然なものに感じたのを、覚えている。ごく普通に英語を喋ることが出来るのだが、こうすると説得力が段違いだという理由から、あの訛りなんだという話を、僕は誰かに聞いたかどこかで読んだかした。

関係者に会っては、ふたりの記者たちは話を聞く。カールとボブの調査は執拗だ。取材での訪問先で、きわめて儀礼的に珈琲を勧められる場面が三度ある。三度ともカールだ。珈琲カップを手に持って飲む場面すらある。彼は飲みたくもない珈琲のおかわりを何杯も頼み、時間を稼ぎ、関係者から話を聞き出そうと粘る。

三度目に玄関口で珈琲を勧められたとき、You read my mind. とカールは言う。その三度目の珈琲を飲みながら、

「珈琲が冷えましたね」

とカールは言う。

「早く核心を語ったらどうか」

という意味かと僕は思うのだが、違うだろうか。

レッドフォードが演じるボブ・ウッドワードは左右の人さし指を使い、
キーボードを見て、タイプライターをかなり早く打つ
トゥー・フィンガー・スタイルだ。

香港クレージー作戦、一九六三年

『香港クレージー作戦』は一九六三年に公開された東宝スコープによる作品だ。ある日の午後から夕方にかけて、九十三分のこの作品を、僕は観た。二〇二三から一九六三を引くと六十となる。いまから六十年前の映画だ。一九六三年と言われても、いっさいわからない。六十年前の日本はどんなだったのか。六十年前の映画を観ると、その片鱗《へんりん》はうかがえるのか。

一九六三年はきみが大学を卒業した年だよ、と言われると、ははあ、あの頃か、とおぼろげながら、見当はつく。大学を卒業した僕はまるで駄目だった。なんにも知らない、なんにも出来ない、年齢が二十代前半の、ただの青年だった。大学から就職へ日本では直結していた。早い人だと四年生の夏休みには就職先がきまっていた。俺は保険、俺は新聞などと、就職先のすでに決定している同級の男性たちの白い半袖シャツの、袖口の軽いはためきを眺めていた自分を、思い出す。

僕はほんとうに駄目だった。なんにも知らないのだ。そのなんにも知らない青年を、会社は四月一日からいきなり、動きかたもその内容もよく心得た人とおなじに扱った。最初に言いつけられたのは、バンカメのガイタメへいってああしろこうしろ、というものだった。バンカメのガイタメへいけばすべてわかってるから、と言われて雨の日の午前九時十五分、都電の切符をもらって、僕は出掛けた。都電の切符をもらうためには、行動する経路を書いて、専任者のいる窓口に提出しなければならない。こんなことも知るわけがない。バンカメとはなになのか、それすら知らない。都電を降りると目の前にバンカメがあるから、という直属の上司のひとと言を頼りに、八丁堀から僕は雨の日の都電の乗客となった。対面する時代だった。対面するためには出向くほかなかった。だから僕は出向いた。馬場先門で都電を降りてふと見ると、建物の軒下にBANK OF AMERICAとあるではないか。バンカメとはバンク・オブ・アメリカを縮めてバンカメとした業界用語のひとつだ、と閃《ひらめ》いた。この程度の日本語能力は持っていた。

ガイタメとは、外国為替を省略したものだった。これはバンカメのカウンターでわかった。外国をソトクニと読むことはもはや卒業していた。外国はガイコクなのだが、為替は読めもしなければ書くことも出来なかった。こう書いてカワセとは。いまならなんとなく読めるかなあ。当時は、こういうかたちをした漢字ふたつでしかなかったが、それで用事はとどこおりなく足りた。

主演する植木等には植田という劇中の名前があたえてある。その植田は営業にいくために社を出る。彼の勤める会社のすぐとなりの建物に喫茶店がある。彼はここに入って席につくなり、「珈琲一杯」と制服を着た若いウエイトレスに注文する。そして営業は対面ではなく、電話で手軽に済ませてしまう。「ちょいと借りるよ」と言って店の電話で営業をおこなう。三件たて続けに断わられるが四件目では成功する。東京のいたるところに、つまり会社の近辺のあらゆる場所に、このような喫茶店があり、当時の会社勤務者たちは、そこで打ち合わせをし、適当にさぼったという。適当にさぼる時間のないほどに仕事が降りかかっていたから、当時の僕はこのような喫茶店へ一度も入ったことがない。

パン・アメリカン・エアウエイズを誰もが、パンナムと縮めて言った。
そのパンナムに僕は一度も乗ったことがない。

回転草、という訳語があたえてある

タンブルウィードを久しぶりに映画のなかで見た。葉のない小枝が球状に集まり、風を受けて広漠とした田舎道を転がっていく。田舎道が一本だけあり、ほかになにもないアメリカの寂寥《せきりよう》感を表現するのに、タンブルウィードは効果的だと、この映画『スケアクロウ』の監督は思ったのだろう。日本語では、回転草という訳語が、あたえてある。

ジーン・ハックマンが演じているのは、マックスと呼ばれている男だ。刑務所で六年を過ごし、出所してきたばかりだ。刑務所では出所したら洗車業をするのだと決意し、ピッツバーグへヒッチハイクで向かっている。アル・パチーノが演じるライオンという男性は、家出して貨物船に乗り込み、五年が経過した。彼が家出をしたとき、妻は身重だった。まだ一度も会っていない我が子に会う、という目的でデトロイトへ向かっている。広漠たる寂寥感のただなかで知り合ったふたりは、旅をともにする間柄を越えて、仲間のようになる。朝食をとるために入ったダイナーのカウンターで隣り合わせにすわり、仲間としての握手を交わす。ヒッチハイクに成功して少しだけ路程を前進させてどこかで部屋にありつき、そこで眠って夜が明けて、さあ、朝食だ。

田舎町の小ぶりなダイナーにはカウンターに空席があった。そのカウンターにすわりながら、「俺はオートミールだ」とマックスは言い、「僕はコーンフレークスにする」とライオンは言う。オートミールはボウルに入ったものが、金属製のピッチャーに入ったミルクとともにカウンターに出てくる。金属製のピッチャーの金属は、このなかには温かいものが入ってます、という意味だろう。

珈琲は注文しなくとも出てくる。この映画のカウンターでも、ふたりの手もとには珈琲がある。受け皿に載っているのは、ごく普通の珈琲カップだ。

　ライオンの手もとにはオートミールの入ったボウルに近い形状の皿があり、そのまんなかには、コーンフレークスが一食分入った紙箱がひとつ、立っている。ここでもケロッグスだ。紙袋からコーンフレークスは好きなだけ入れろ、ミルクはピッチャーにある、という意味だ。

　ダイナーで食べたコーンフレークスの空き箱をいくつか、僕は持って歩いた。どれもみなケロッグスだった。東京へ持って帰り、ならべて写真に撮った。平らに開いて、それも写真に撮った。記憶はあるのだが、その写真をどうしたのか。発表した記憶はない。まったく別のときに自動販売機で買ったオレンジ味のポプシクルの包み紙、あるいはまた別のときに買ったミルクの空き箱はあるのだから、ケロッグスの空き箱もどこかにあるのだろう。捨てることはしないのではないか。

　タンブルウィードを映画のなかで久しぶりに見た、とさきほど僕は書いた。その映画の題名を思い出すことが出来ないでいる。あるとき大量に発生したタンブルウィードについてのドキュメンタリー・フィルムは、ごく最近に見た。人の背丈を軽く超える大きさになったタンブルウィードが、いくつもならんで荒野を転がっていく景色があった。秋になると根元から折れて、球状にまとまる性質を最初から持っているのだそうだ。

タンブルウィードは転がる地べたに愛を誓うという。
田舎町のダイナーのカウンターで、ふたりの男たちはなにを誓ったのか。

こうも考えた

生産性、という言葉がある。まだ現役だろう。日本のサラリーマンは生産性が低い、などと使われている。サラリーマンとはどういう人たちなのか。そして生産性とは、どのようなことなのか。生産性とは、最高度の知性のようなものか。それは移動が自由だ。その人がいくところなら、どこへでもいく。そしてすぐに役に立つ。日本ではたまたま配属されたその部署でなんとか役に立つのであり、ほかの部署では使えない。彼らは生産性が低い、と言われる理由のひとつは、こんなところにある。

画一性、という言葉も現役だ。画一性とは、具体的に、どのようなことなのか。たとえば、自分の経験だけですべてを判断する人は、画一性の根源を作っているように僕は思う。自分の体験だけしか語らない。その範囲内で物事をすべて判断する。

イマジネーション。片仮名書きされて日本語になって久しい言葉だ。イマジネーションとは、なにか。英和辞典を見ると、想像力、構想力、理解力、などと説明されている。最高の状態にあるイマジネーションは、さきほどの知性とおなじようなものではないか。自分の体験だけですべてを判断することについては、さきほど書いた。これは、イマジネーションの正反対だ。イマジネーションのない人たちが、増えている。

僕が子どもだった頃すでに、人生如何に生きるべきか、という命題はあった。このような問いに答えはない。それでもなお、人々はこの問題を追った。一九七〇年代いっぱいくらいまでは、人々の頭の片隅に、人生如何に生きるべきか、という問いがあった。一九八〇年代の日本から、そのような問いは消えた。人生如何に生きるべきかを、人々はすべてやめたのだ。

科学技術は進歩を続ける。いまも刻々と進歩をしている。科学技術はいまや日常ですらある。それをすべて受け入れていれば、それ以上のものはない。操作手順を間違えなければ、答えが出る。唯一の答えだ。それ以外のものは、嘘だ、とされる。

正しい操作手順のなかにイマジネーションはない。それは積極的に排除すらされる。こういうところへ全員が参加しなくてはならない。参加しそこなった人は、どうなるのか。落ちたまま、となるのだろう。操作手順を間違えない人が、正しい人だ。正しい人だけがいる世界は、おそらく、画一的な世界なのだろう。すべては科学技術の上に立っている。科学技術が日常化するとは、それが過剰になっていくことだ。正しい操作で得るもの以外にこの世にはないとなったら、画一性は完成するほかない。

一杯の珈琲を飲む時間は十五分くらいだろうか。二度と戻らない十五分だ。そんなことを思いながら、僕は珈琲を飲んだ。ひと口、またひと口。二度と戻らないひと口の蓄積が、一杯の珈琲を作る。

あとがき

この本の題名は『僕は珈琲』という。どのような状況で、どんな意味を伝えたくて、人々はこの台詞を口にするのか。こんなことをおさらいしてみた。この日本語を英語に直訳して作った昔の笑い話についても、検討してみた。すべて本文のなかにある。

どのエッセイも、なんらかのかたちで、珈琲とつながっていること、という提案を僕は受け入れた。いくつかは珈琲がまったく出てこなくてもいいだろう、と思ったからだ。それは結局ひとつだけになった。文章のための材料は無限にある、というのが僕の信念だ。

「あとがきを真っ先に書いたことがあるよ」

と僕は、この本の編集を担当した篠原恒木さんに、言ってみた。

「そんなこともするのですか」

「なんでもするよ」

「あとがきを書きながら、物語を考えるのですね」

篠原さんは鋭い。

「物語の細部は別として、方向性のようなものを考えるのに、じつにいいんだ。こう展開してこうなる物語、というような」

「どの小説ですか」

「さあ」

「題名は？」

「覚えていない」

このようなやりとりに、篠原さんはつきあってくれる。

いつもいく喫茶店が何軒かあるとして、ここに描かれている店はここでしかあり得ない、というふうに正しく認識出来る店を、小説のなかに書いてみたい。一部分だけ現実になるわけだ。小説という虚構のなかに、一部分だけ、現実が入り込む。この作業を続けていると、やがて、物語の核心は現実です、という物語が生まれるのではないか、などと思ったりしている。


いま僕が使っているワード・プロセッサー、つまりワープロでは、あとがき、と平仮名で入力して変換のボタンを押すと、後書き、と変換される。いまならこれを、あとがき、と読むことが出来るが、二十年ほども前の僕は、ゴショキ、と読んでいた。音声として口から出るのは、あとがき、であっても、頭のなかでは、ゴショキ、と読んでいた。無愛想になると、後書、であり、これはまさにゴショではないか。

読めない漢字による言葉はいまも多い。ごくあたりまえの言葉を、とんでもない読みかたをしているはずだ。本文のなかでも書いたが、為替、と書いてこれをカワセと読むことに関して、僕はいまだに納得していない。カワセと読むのだということを、二十代なかばで知ってはいたが、それはこう書いてカワセと読まないことには、会社の用すら足せないのを、知っていたからだ。

『僕は珈琲』という題名のこの本を、僕はひとりで書いた。その僕を支えてくれたのは、グラウベルコーヒーと古書ほうろうの珈琲だったと、これは何度書いてもいい。グラウベルコーヒーはブレンド代田、そして古書ほうろうは、ブラジルがいい。どちらにも他にたくさんの豆の焙煎があり、どれも素晴らしい。小田急線の各駅停車に乗り、空席に座ってぼんやりしていると、世田谷代田だ。グラウベルコーヒーはこの駅のすぐ近くだ。おなじ小田急線で代々木上原までいき、おなじプラットフォームで千代田線に乗り換え、おなじく空席に座ってぼんやりしていると、目的地、古書ほうろうのすぐ近くに到着する。根津という駅で降りて地上に出るなら南へ、湯島で降りるなら北へ、どちらもほんの少しだけ、歩けばいい。グラウベルコーヒーと古書ほうろうとで、僕の珈琲は充分に間に合う。ここにペルーの豆が加わり、ネパールの山奥から珈琲が届いたりするから、充分すぎるほどだ。

『僕は珈琲』というこの本を僕はひとりで書いた、とついさきほど僕は書いた。文章を書く段階になってからは、確かに僕がひとりで書いたのだが、そうなる以前のあらゆる段階で、篠原恒木さんは力を発揮した。どのように力が発揮されるかについては、すでに体験した数冊の本で、よく分かっている。

写真選びからレイアウトまで、彼がひとりでこなした。すべての写真に短い説明文をつけることだけは、僕が提案した。それ以外のすべてを誰の手助けも得ず、彼はひとりでやりとげた。凡手の編集者には出来ないことだ、と僕は感じている。自分のスマートフォンで彼は昔の写真を見せてくれた。三十代後半とおぼしき年齢の彼だ。いい男ではないか。グッド・ルッキングなのだ。主演俳優がいるとするなら、そのひとつ脇にいる、男前の、演技力のいかにもありそうな、いろんなところで使えそうな、主演者とは別に立つ、いい俳優だ。主演作が一本だけあり、あるとき突然の引退によって姿を消した、というのは、似合うのではないか。

なにかを飲みたくなってきた。何がいいか。熱いものが好ましい。珈琲か。ペルーのやや深煎りの豆がある。ブラジルの豆がある。インドのものも。ネパールから届いたばかりのシティ・ローストがある。いっそのこと、紅茶にするか。良きアール・グレイを夕方に飲むのも、悪くない。

二〇二二年　十一月

片岡義男

写真

p.16～23………著者提供
p.30………©2014 Avocados and Coconuts. ©2015 mejirofilms
p.32………Moviestore Collection／Aflo
p.43………共同通信
p.49、50～51、52………撮影／片岡義男
p.54………William Claxton /Courtesy Demont Photo Management, LLC.
p.56………Getty Images
p.62～63………撮影／片岡義男
p.86～87………Everett Collection／ Aflo
p.91………Album／ Aflo
p.100～101………Aflo
p.104～105………Everett Collection／ Aflo
p.161、163………撮影／片岡義男
p.167………文藝春秋
p.168～169、173、174～175、216………撮影／片岡義男
p.225………Album／ Aflo
p.227、232～233………撮影／片岡義男
p.253………Everett Collection／ Aflo
p.256～257………Aflo
p.260～261………Everett Collection／ Aflo

題字……平野甲賀

装丁・本文扉・本文内挿画……吉良幸子

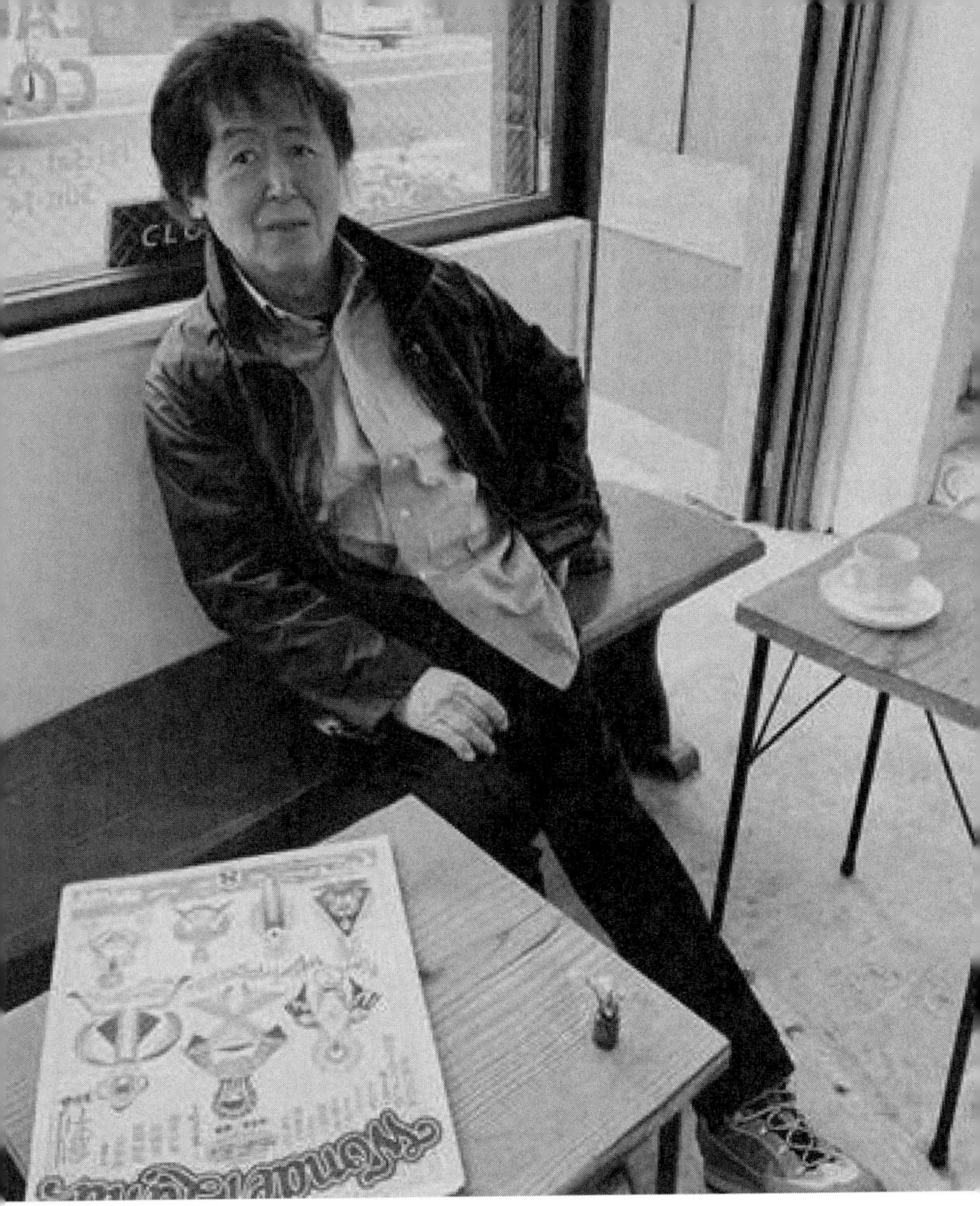

片岡義男（かたおか・よしお）

1939年東京都生まれ。作家、写真家、翻訳家。
1974年に『白い波の荒野へ』で作家としてデビュー。
著書多数。近著に『珈琲が呼ぶ』『彼らを書く』
『言葉の人生』『これでいくほかないのよ』など。

僕《ぼく》は珈琲《コーヒー》

2023年１月30日　初版第１刷発行
2023年２月25日　　　　２刷発行

著　者　片岡義男《かたおかよしお》
発行者　三宅貴久
発行所　株式会社 光文社
〒112-8011　東京都文京区音羽1-16-6
電話　編集部……………03-5395-8172
書籍販売部………03-5395-8116
業務部……………03-5395-8125
メール　non@kobunsha.com
組　版　新藤慶昌堂
印刷所　新藤慶昌堂
製本所　ナショナル製本

落丁本・乱丁本は業務部へご連絡くだされば、お取り替えいたします。

ISBN978-4-334-95358-4